徳間文庫

清少納言なぞとき草紙

有馬美季子

徳間書店

目次

歴代天皇と藤原家の系図

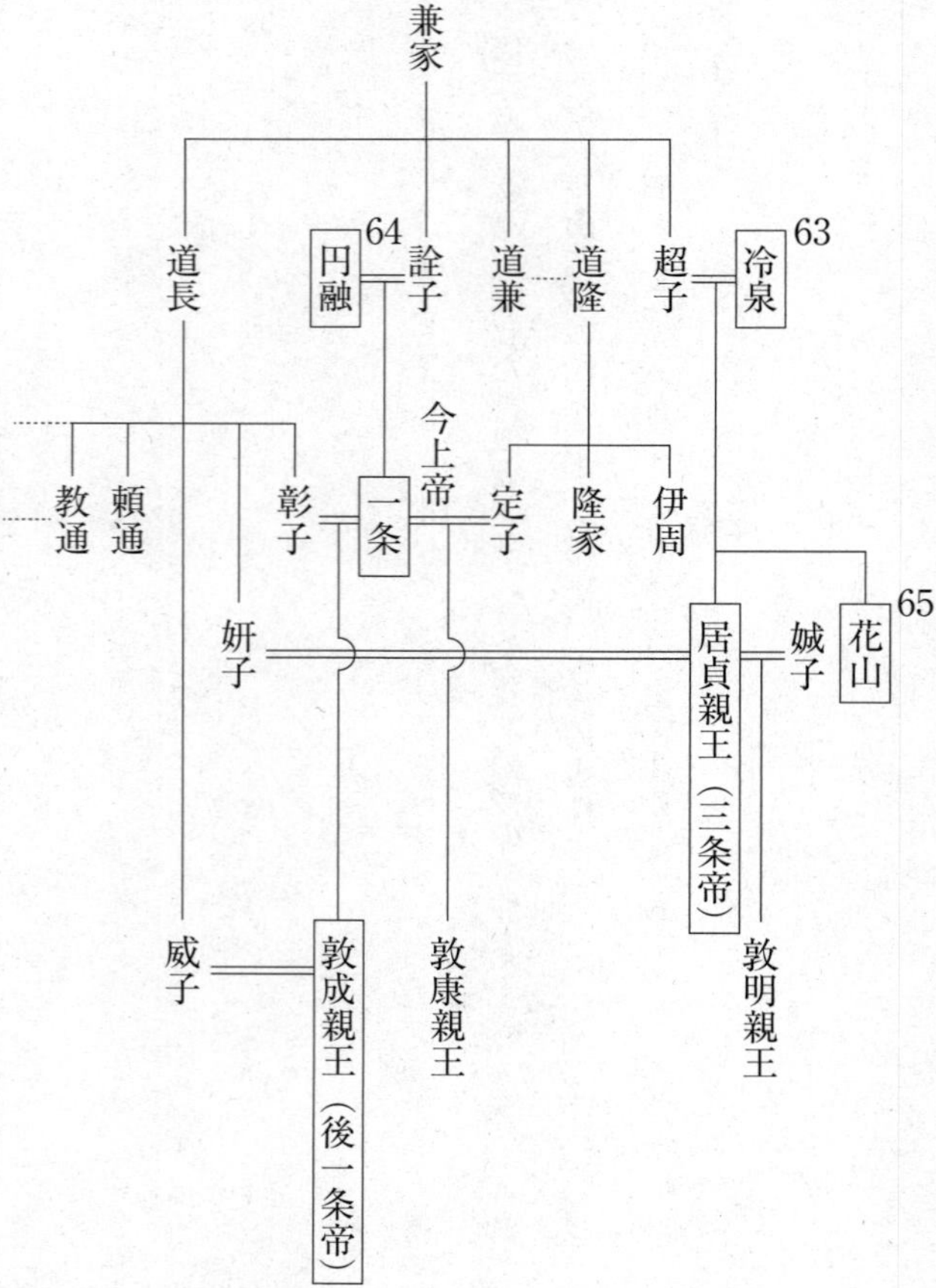

序章

寛弘四年（一〇〇七）、五月雨の合間。

突き抜けるような晴天の日の早朝。

大内裏《だいだいり》にも、長閑《のどか》な空気が漂っていた。大内裏は平安京の北に位置し、二官八省を控え、ここで政《まつりごと》が司《つかさど》られている。その奥には、帝《みかど》（一条天皇）が御座《おわ》する内裏があった。

大内裏には十四の門がある。生暖《なまあたた》かな風が吹いて、その中の上東門の門番を務めている衛門府の左衛門尉《さえもんのじょう》が、欠伸《あくび》を嚙《か》み殺して眠い目を擦《こす》った。

その一瞬の隙《すき》だった。大きな黒い犬が、上東門をすっと擦《す》り抜け、大内裏へと入り込んだ。

「うわああっ！　こら、待て！」

その犬に目を留《と》めた者たちの間から、空を劈《つんざ》くような、凄《すさ》まじい悲鳴が上がった。

犬は生首を銜《くわ》えていたのだ。生首は蠟《ろう》のように白く、切り口から血が滴《したた》っている。作り物ではなく、本物ということであろう。その生首は、男のそれだと思われた。かっと見開かれた双眼は、今日の空の色の如《ごと》く、真っ青だ。

犬は恐ろしい呻《うめ》き声を上げ、生首を銜えたまま、土埃《つちぼこり》を立てて狂ったように走り回った。上東門から入り込んだ犬は、左近衛府《さこんえふ》、内蔵寮《くらりょう》、大蔵省、図書寮《ずしょりょう》と駆け抜け、宴の松原と呼ばれる広場を旋回《せんかい》した。宴の松原は、鬼や妖怪が出ると噂される不穏な空き地だ。

逃げ惑う者、腰を抜かす者、気を喪《うしな》う者、犬を追いかける者で、混乱が巻き起こった。

犬を追うのは、大内裏の護衛を務める近衛府《このえふ》や衛門府の役人や、検非違使《けびいし》たちだ。その者たちが弓矢で狙うも、巧《うま》く犬を射止められない。

黒い犬は生首の髪を銜えて、振り回し始めた。すると、検非違使の一人が、顔を青《あお》褪《ざ》めさせながら叫んだ。

「おい、犬が銜えている首は、堀河諸兄《ほりかわもろえ》のものではないか」

「た、確かに、堀河によく似ている」

堀河諸兄は、近衛舎人《このえのとねり》、つまりは近衛府の下級役人である。堀河と同じ近衛府の役人が、首を傾《かし》げた。

「だが、堀河は生きているぞ。今日も勤めに出ている」

「本当か？　あの首は、堀河としか思えぬのだが」

役人たちは顔を見合わせる。検非違使の一人が、堀河の生存を確かめに走った。

犬は大内裏の者たちを震え上がらせると、建礼門そして承明門の門番を突き飛ばし、内裏へと滑り込んだ。

近衛府の者たちや検非違使たちは犬に向かって弓を引いたが、犬は嘲笑《あざわら》うかのように矢を擦り抜け、内裏の中をも駆け回った。

承明門を入った正面には紫宸殿《ししんでん》があり、その近くの崇仁門《すうにんもん》を通れば、清涼殿がある。清涼殿は帝の在所だ。帝の目には決して触れさせてはならぬと、役人たちは冷や汗に塗《まみ》れながら、犬を追う。崇仁門の前には、多くの護衛が立ち塞《ふさ》がった。

内裏には七殿五舎と呼ばれる、帝の后妃や東宮（皇太子）妃などが住まう後宮もあり、それゆえ多くの女房もいる。

犬を目にした女房たちは、金切り声を上げて、次々に気を喪ってしまった。

生首を銜えたまま、犬は紫宸殿の前の広場をぐるぐると旋回する。そこへ、検非違使に連れられて、堀河諸兄が駆けつけた。

生首の顔は、確かに堀河によく似ていた。ただ、目の色が明らかに違う。生首と堀河を見比べながら、近衛府の役人が呟《つぶや》いた。

「あの首は……もしや、貴殿の生霊《いきりょう》か」

堀河は躰《からだ》をがくがくと震わせながら、瞬《まばた》きもせず犬を見つめる。堀河の顔色も、生首のそれと同じほどに、蒼白《そうはく》になっていた。

検非違使たちはついに意を決し、皆で犬に飛びかかって押さえつけようとした。ところが犬はその者たちを突き飛ばし、降りかかる槍《やり》をすり抜け、目にも留まらぬ速さで内裏を出ていった。

あちこちで悲鳴が巻き起こる中、犬は生首を銜えたまま、再び大内裏を駆け抜け、西雅院《さいがいん》、東雅院を通り過ぎ、待賢門《たいけんもん》から飛び出していった。

検非違使たちは慌《あわ》てて追いかけたが、犬は瞬く間に逃げ去った。

帝と中宮の目に触れることがなかったのが唯一の救いであったが、この騒ぎは、宮中の者たちの誰もが知ることとなった。

生首の目の色から、作り物だったのではないかと疑う者たちもいた。だが、犬が通った跡を確かめると、あちこちに血痕が残っている。生首は本物だったと思われた。

誰もが首を捻《ひね》った。

「何故《なにゆえ》に、生きている者の生首を犬が銜えていたというのか。やはり……堀河諸兄の生霊だったのではなかろうか」

「堀河は何かに祟《たた》られているのではないか。あの青い目、不気味であった。生首は怨霊の顕《あらわ》れだったのかもしれぬ」

そのように推し量られ、誰もが恐れながらも、生首と堀河の因縁を噂した。

そしてほどなくして、警固のために宿直《とのい》をしていた堀河諸兄が、煙のように消えてしまった。

第一章　青い目の生首――《帚木《ははきぎ》》の後の事件――

一

暮れていく空を眺めながら、清少納言《せいしょうなごん》は呟《つぶや》いた。

「夏は夜ね」

小さな邸《やしき》の庭に、そろそろ螢《ほたる》が現れる時分だ。螢が放つ、微《かす》かで柔らかな光を、少納言は好いている。闇の中を、儚《はかな》くも美しい魂が飛び交っているように見えるからだ。

夏は夜に趣《おもむき》があるということは、六年前に書き上げた《枕草子》にも記している。

少納言は、正暦四年（九九三）から女房として仕えていた中宮定子《ちゅうぐうていし》の死後、長保二年（一〇〇〇）に宮仕えを辞《や》めた。いや、辞めたというより、居場所がなくなり、去らねばならなくなったというのが本当のところだ。

その後、二人目の夫である藤原棟世《むねよ》の任国摂津《にんごくせっつ》に下ったものの、棟世とも別れて京に戻り、今は邸で悠々《ゆうゆう》と暮らしている。

父であった清原元輔《もとすけ》は既《すで》に没しているが、その財産は兄たちと均等に分けられ、出仕していた時の蓄えも残っているので、こうして隠棲《いんせい》することができた。

東山月輪《つきのわ》にあるこの邸は、父の元輔が別宅にしていたものだ。その父は亡くなり、母とは幼い頃に別れ、四人の兄たちとも近頃は疎遠《そえん》である。

少納言がこの邸に住もうと思った理由の一つに、定子の陵墓《りょうぼ》に近いということがある。少納言は仕えていた定子の菩提《ぼだい》を弔《とむら》うような思いで、ここで静かに暮らしているのだ。

——子供たちは元気かしら。

少納言は心の中で不意に呟く。

最初の夫の橘　則光《たちばなののりみつ》との間に息子が、棟世との間に娘がいるが、今はどちらとも一緒に住んではいない。息子の則長《のりなが》は讃岐守《さぬきのかみ》を務め、赴任《ふにん》している。娘は棟世の連れ子だったので、別れることになると継母についてくるはずもなく、父のもとに留まった。

ちらほらと現れた螢を眺めながら、少納言は、定子に仕えていた頃のことを思い出す。

——あの日々も、すっかり遠ざかってしまった。まあ、光などというものは、この螢ぐらいに微かなほうが、美しくはあるけれど。

少納言は長い髪に指を絡ませ、笑みを浮かべた。

引目《ひきめ》鉤鼻《かぎばな》のふっくら顔が美人とされる世にあって、少納言は目がぱっちりと大きく、鼻も高くて顎《あご》が尖《とが》った、猫のような面立《おもだ》ちである。だが、本人は自分の外見をなかなか気に入っていて常に磨《みが》きをかけていた。

脇息《きょうそく》にもたれて螢を眺めつつ、少納言はナツメを摘《つま》んで、クコ酒を傾ける。ナツメは楊貴妃《ようきひ》も好んで食べていたという、不老長寿や美容に効果のあるものだ。クコの実を漬け込んで作るクコ酒も、然《しか》りである。

少納言は齢《よわい》四十であるが、日々、口にするものが効いているのか、年齢不詳の女として通っていた。

「この艶《つや》やかな味わいが、いいのよね」

クコ酒を手酌《てじゃく》で啜《すす》る少納言の膝の上で、猫の小玉《おたま》が、みゃあと啼《な》く。少納言は小玉の黒い背中を、そっと撫《な》でた。この小玉は、背中は黒く、お腹《なか》は白い毛の生えた猫だ。そのような猫を好むことも、枕草子に記した。

少納言は自分に満足はしているものの、人の世とはどこか相容《あいい》れない思いも抱いている。仕えていた藤原定子が亡くなると、それまでは才女だと褒《ほ》め称《たた》えられていたのに、呆気《あっけ》なく宮中を追い出された。男と暮らしても、どうしてか上手くいかなくなってしまう。子供だって、彼らの考えや人生があるのだから、すっかり頼りにすることなどできはしない。

よき妻、よき母になれなかったという虚《むな》しい思いが、少納言の心の奥にはあった。劣等感とまではいかないが、自責の念は残っている。

加えて、宮中に仕えていた頃、公卿《くぎょう》や公家《くげ》たちの争い事をいろいろと見てしまい、人の嫌な面を知り過ぎて、人付き合いをあまり好まぬようになった。ちなみに公卿とは、公家の中でも官位が従三位《じゅさんみ》以上の、上層の者たちのことを言う。

それゆえ少納言は、猫のほかは、自分一人のほうが気楽なのだ。とは言いながらも三年ほど前に、平安京の町中に捨てられていた子供を拾ってきて、自分の身の回りの世話をさせつつ育てている。鈴音《すずね》という、齢《よわい》十の、頰《ほお》がふっくらと愛らしい、少しオマセな娘だ。ちなみに猫の小玉も雌《めす》である。

少しして、鈴音が紙燭《しそく》を手に現れた。高燈台に、火を灯しにきたのだ。頂上に盤《さら》を置き、その上に油を入れる燈盞《あぶらつき》を載せて、燈心を入れる。蒔絵螺鈿《まきえらでん》が施された高燈台が灯ると、少納言はゆっくりと瞬きをした。

鈴音は少納言の傍《かたわ》らに座り、檜扇《ひおうぎ》を手に、少納言を扇《あお》ぐ。少納言は目を細めた。

「やはり夏の夜はよいものね。鈴音のおかげで、涼しく過ごせるわ」

「お酒のお代わりは如何《いかが》なさいますか。お持ちしましょうか」

「まだ、いいわ。少し残っているもの」

「では、お注《つ》ぎいたします」

鈴音は瓶子《へいし》（いわゆる銚子）を持ち、少納言にクコ酒を注ぐ。少納言は、朱漆塗《しゅうるしぬ》りの盃《さかずき》を口に寄せ、紅色の酒を一息に呑《の》み干す。その姿を眺め、鈴音は、まさに鈴の音のように愛らしい笑い声を響かせた。

隠棲しているといっても出家した訳ではないので、少納言の髪は腰の下までには長い。さすがに宮中にいた時のような重ね着はしていないが、蒸し暑い今の時季でも、小袖《こそで》の上に長い袴《はかま》を穿《は》き、単《ひとえ》と袿《うちき》を纏《まと》っている。少納言は薫物《たきもの》が好きなので、衣にも蓮《はす》の花のような甘く瑞々《みずみず》しい香りが染み込んでいた。

今日の少納言の袿は、表が薄紫で裏が深緑の、桔梗《ききょう》と呼ばれる重色目《かさねのいろめ》だ。裏の色が、衿元《えりもと》や袖口《そでぐち》から微かに覗《のぞ》くのが風流であり、少納言は季節ごとに移り変わるこの色目を洒落《しゃれ》ている。

十二単《じゅうにひとえ》などの装いで、数枚重ね合わせた衣の彩のことは襲色目《かさねのいろめ》といい、こちらも季節ごとに色の決まりがある。寒くなってきて袿を重ねて着るようになると、少納言は襲色目も楽しんでいた。

鈴音は振り分け髪を、耳のあたりで左右二つに結んでいる。小袖に褶《しびら》を羽織って腰布を結んだ平民の姿だが、動きやすいので、本人は気に入っているようだ。淡緑《うすみどり》の小袖に、淡黄の褶の色合いは、愛らしい鈴音にとても似合っていた。

蔀《しとみ》を開き、御簾《みす》を上げ、螢を眺めながら涼んでいると、どこからか咳払《せきばら》いが聞こえた。少納言は首を傾げる。鈴音が腰を上げ、高燈台の火を紙燭に移し、それを掲げて庭を照らした。枸橘《からたち》の生垣《いけがき》の向こうに、烏帽子《えぼし》を被《かぶ》って狩衣《かりぎぬ》を纏った、大きな男が立っていた。

少納言は目を凝《こ》らして男を見る。

――あの出《い》で立ちは、恐らく陰陽師《おんみょうじ》……。

男はもう一度、咳払いをした。自分から声をかけるのではなく、少納言に声をかけてほしいのだろうか。

宵空《よいぞら》には十六夜月《いざよいづき》が皓々《こうこう》と照っている。

いかつい顔、闇に混ざりそうな浅黒い肌、丸々としたお腹。お世辞にも洗練されているとは言い難いその男に、少納言は覚えがあった。

少納言は薄《うっす》らと笑みを浮かべ、鈴音に告げた。

「あの方を、部屋にお通しして」

「かしこまりました。お知り合いの方ですか」

鈴音は円《まる》い目を瞬《しばたた》かせる。少納言を訪ねてくる人は稀《まれ》だし、おまけに男なので、興味を持ったようだ。少納言は、ふふ、と笑った。

「そうよ。かつての知り合い。さ、早く連れていらっしゃい」

「はい。少納言様」

鈴音は紙燭を手に部屋を出て、廊《ろう》を歩いていった。

二

少納言はその男を、客人を通す間ではなく、自分の部屋へと迎えた。

高燈台の灯る静かな部屋で、少納言は男と向かい合う。少納言は檜扇で口元を隠しつつ、男を見やった。

公家の女性《にょしょう》は易々《やすやす》と顔を見せるべきではないという考えが蔓延《はびこ》っているが、宮仕えをしていた少納言は、そのような恥じらいはまったく持ち合わせていない。女房を務めていた時、男女問わず、多くの人と顔を合わせていたからだ。目の前の男はかつての知り合いなので、今更《いまさら》顔を隠すこともないのだが、つまりは少納言は檜扇を手に気取っているのである。

少納言のお気に入りの檜扇には、今の時季に涼しげに咲く、真白な夕顔の花が描かれていた。

男は丁寧《ていねい》に挨拶《あいさつ》したものの、少納言とあまり目を合わせようとせず、居心地が悪そうに時折大きな躰を揺さぶる。

――私のことが未《いま》だに苦手《にがて》なようね。

そう察しつつ、少納言から話しかけた。

「どれぐらいぶりかしら。吉平《よしひら》様とお会いするのは」

吉平は低い声を響かせた。

「少納言の君が摂津に行ってしまって以来ではないかな」

「なかなかご挨拶にいらっしゃらなかったのは、私をお嫌いだからね」

「いや、そういう訳ではない」

「では、どういう訳なのかしら」

「ただ時間がなかったのだ」

「見目《みめ》麗しい吉平様は引く手あまただから、多くの女性たちのもとへ通わなければならないものね」

「そんな訳がなかろう」

「もちろん戯言《たわごと》よ」

ほほ、と笑う少納言を、吉平は目をぎろりとさせて見た。

「相変わらず憎々しい口ぶりでいらっしゃる」

「吉平様こそ相変わらず福々しくていらっしゃる」

「私の肉付きが相変わらずよいと言いたいのだな」

「ご馳走のし甲斐《がい》があるわ」

少納言が嫣然《えんぜん》と微笑《ほほえ》んだところで、鈴音が酒と料理を運んできた。

「このようなものしかございませんが」

台盤には、鮎《あゆ》の塩焼き、冬瓜《とうがん》の荏裹《えつつみ》、スモモが並んでいる。荏裹とは、荏胡麻《えごま》の葉で冬瓜などの野菜を包み、醬《ひしお》や末醬《みそ》に漬《つ》けたものだ。

鈴音は丁寧に辞儀をしつつ、興味深そうに吉平を眺める。吉平は鈴音に軽く会釈《えしゃく》をした。

「馳走になる」

「ごゆっくりお召し上がりくださいませ」

鈴音は吉平ににっこり微笑むと、少納言の膝から猫の小玉を抱き上げ、その黒い背中をさすりながら下がっていった。

少納言が酒を注ごうとすると、吉平は躊躇《ためら》いながらも盃を差し出した。吉平に注ぎ返してもらい、ともに盃を掲げた。

「まあ、なんだかんだと、またお会いできたことを祝しましょう」

「それもそうだ」

吉平の面持ちがようやく和《やわ》らいだことに、少納言は気づいた。吉平は酒と美味《おい》しい料理をなによりも好むので、それらを味わえば徐々に気持ちがほぐれていくだろうと思われた。

吉平だって若い頃は女性のもとへ通っただろうし、子も作ったようだが、少納言が知り合った頃には既に、色気より食い気だったのだ。

少納言は酒を啜り、息をついた。

「それにしても、吉平様が私を訪ねていらっしゃるなんて、本当にどういう風の吹き回しかしら」

「まあ、その、なんだ。弟からいろいろ言われたのだ」

「あら、吉昌《よしまさ》様に？　いったい何を言われたというの」

少納言は目を瞬かせた。

吉平は安倍晴明の長男であり、引退した父に代わり、陰陽寮で陰陽師を務めている。一つ下の弟の吉昌が陰陽頭なので、その配下ということになる。弟のほうが先に出世をしたのは、吉平は妾腹《しょうふく》の子、つまりは庶兄だからと言われていた。

この父と弟が、吉平の気持ちの負担となっていることは、少納言も知っている。実は吉平は陰陽師でありながら、その能力に著《いちじる》しく欠けているのだ。祈禱《きとう》や呪術の効き目もなく、式神《しきがみ》も碌《ろく》に飛ばすことができず、千里眼だってもちろんない。表向きには、吉昌が晴明の嫡男だから先に出世したということになっているが、実のところは吉平が単に力不足のために出世が叶《かな》わなかったのだ。

父である安倍晴明の異能を異母弟の吉昌はしっかりと受け継いだが、吉平は殆《ほとん》ど受け継がなかった。異能も持たぬのに、父のコネで陰陽師になったということも、引け目の一因のようである。

吉平は、優秀な父と弟の間《はざま》で窮屈《きゅうくつ》な思いをしており、それを食べることで発散しているのか、お腹の肉付きはますますよくなっていた。

少納言は宮中にいた頃、特に悪気があった訳ではないが、吉平にうっかりこのように言ってしまったことがある。

――父君は偉大な方でいらっしゃったし、弟君も優れていらっしゃるのに、吉平様は母君に似てしまったのかしら。陰陽師には向いていないようね。

少納言は別に、吉平が無能だと言いたかったのではなく、吉平には陰陽師より適している仕事があるのではないかと言いたかったのだが、どうも吉平は前者の意味に受け取ったらしい。それ以来、吉平は少納言をさりげなく避けるようになってしまった。

その吉平が、弟の吉昌にせっつかれて自分を訪ねてきたとは、いったいどのようなことだろうと、少納言の好奇心が刺激される。何があったのかと身を乗り出すも、吉平は、ずれた返事をした。

「ところで、さっきの娘は、貴女《あなた》の世話をしているのか」

「ああ、鈴音のこと？　そうよ。生まれつき賢い娘なの。出会った瞬間に、私には分かったわ。だから連れてきたのよ」

吉平は苦笑した。

「今も貴女は、勘働《かんばたら》きで行動してしまうようだな」

「あら、別によいではないの。私の勘働きは、未だに衰《おとろ》えていないもの」

少納言は言葉を切り、吉平を真っすぐに見た。

「で、吉平様は、そこを見込んで、私を訪ねていらっしゃったのではないかしら？

もしや、宮中で何か起きたのでは」

吉平は頷《うなず》いた。

「うむ。はっきり言えば、そういうことだ。それで弟が、貴女の知恵を借りてこいと煩《うるさ》くてね」

「やはり、そういう訳ね。まあ、定子様のあの一件以来、吉昌様も私には一目置いていらっしゃるでしょうから」

少納言は悪びれもせずに言い、ふふ、と笑みを漏らす。吉平はなんとも言えぬ面持《おもも》ちで、顎を撫《な》でた。

少納言が口にした「あの一件」で、吉平は少納言に借りを作ってしまい、それで未だに頭が上がらないのだろう。それも少納言を苦手とする一因のようであった。

そして「あの一件」で、少納言は自分の勘働きは冴えていると自信を持った。以来、幼少からの空想癖をも長じさせ、宮中で何かが起きる度に首を突っ込み、自らの推測を語って解決へと導いていた。そのことは徐々に噂となり、検非違使たちの間だけでなく、宮中に伝わるようになった。

吉昌は当時を思い出し、少納言の冴えた勘働きに頼りたくて、吉平を使わせたのだろう。

少納言は吉平を急《せ》かした。

「早く教えてよ。いったい何が起きたの？」

「うむ」

生暖かな夜風が、御簾を揺らす。夜露に濡《ぬ》れる白粉花《おしろいばな》の匂《にお》いが、庭から漂っていた。

吉平は酒を啜って息をつくと、宮中で最近に起きた不可思議な事件について、少納言に話し始めた。

「生首を銜えた犬が、大内裏や内裏に入り込んで走り回ったのだ。奇怪なのは、生首の主と思われる者が生きていることだ。近衛舎人の堀河諸兄という男だが」

「生首は、その堀河様に似ているということかしら」

「似ているどころか、本人としか思えなかったらしい。だが、一つ大きく違うのは、生首の目は青い。空のような澄んだ青で、それゆえにいっそう不気味だったそうだ。この奇怪な出来事を、皆、堀河の生霊のせいではないか、生霊が生首となって見えているのではないか、と噂している」

「何かの呪いが、堀河様にかかっているのではないかという訳ね」

「そうだ。そして、これまた不思議なことに、皆が生首を見た後に、その堀河が消えてしまったのだ。それでこの騒ぎの一件に、紫式部《むらさきしきぶ》の君が書いた《源氏物語》が関わっているのではないか、という噂まで広がり始めた」

少納言は柳眉《りゅうび》をぴくりと動かした。紫式部の名を聞いたからだ。式部が宮仕えを始めたのは寛弘三年（一〇〇六）頃なので、直接の面識はないが、その類《たぐい》まれなる才能の噂は耳に届いている。

だが少納言は、式部を手放しで褒めることはできずにいた。式部が彰子《しょうし》の女房であるということが、少納言としては複雑なのだ。

彰子は亡き定子と同じく、帝の中宮（后。正妻）である。彰子は藤原道長《みちなが》の長女であり、道長が政略のために帝へ嫁《とつ》がせた。皆が羨《うらや》むほどに仲睦《なかむつ》まじかった帝と定子の間に、道長が無理やり僅《わず》か齢十二の彰子を送り込んで、定子を追い詰めていったという訳である。

道長の策略は定子の兄の伊周《これちか》にまで及び、兄妹揃って圧迫され、定子は心身ともに衰弱し、ついに命を落としてしまった。

伊周は定子が遺した敦康親王《あつやすしんのう》の外伯父《がいはくふ》となるので、阿《おもね》る者たちもいるが、数々の問題を起こしてしまった今では、かつての華々しさはもうない。女性を巡って法皇に矢を放ち、道長とともに自分を追い詰めた叔母の詮子《せんし》（東三条院）を呪詛《じゅそ》したという疑いなどで、降格されて大宰府《だざいふ》に回されたが、定子が第一皇女を産んだ後で帰洛している。

伊周と定子は、道長の兄の道隆《みちたか》の子だ。いくら権力を手中に収めたいからといっても、甥《おい》と姪《めい》にあたる二人をも蹴落とした道長を、少納言は未だに許すことはできない。ちなみに帝も道長の甥にあたる。つまり道長は帝の叔父であり舅《しゅうと》でもあるということで、今や左大臣としての地位を超える影響力を持っていた。

野心に満ちた道長の策略によって、定子と伊周が没落していく様を少納言は目の当たりにしていたのだ。その道長の一派である紫式部に、蟠《わだかま》りを抱いてしまうのは仕方がないであろう。この道長の横暴な振る舞いを見てしまったことも、少納言が、人付き合いが苦手になった大きな理由なのだ。

紫式部は齢三十二。藤原宣孝《のぶたか》に嫁ぎ、賢子《けんし》を産んだが、嫁いでから三年後の長保三年（一〇〇一）に夫と死別したという。その後、源氏物語を書き始め、その評判を聞いた道長に気に入られ、彰子に仕えることになったそうだ。

式部が宮仕えをする前から執筆を続けている源氏物語は、宮中でも評判だという。

恐らくは書き溜めていたものを道長に見てもらいながら、ところどころ直しつつ、発表しているのだろう。少し前に第二帖《帚木《ははきぎ》》を発表したところ、第一帖《桐壺《きりつぼ》》以上に好評を博し、写本が宮中に広まっているとのことだ。

吉平は少納言に言った。

「道長様に庇護され、物語も好評で、恵まれているように見える式部の君だったが、不穏な噂が立ち始めているのだ。源氏物語の内容をなぞるように、奇妙なことが起きている、とな」

生首騒動の後、宿直《とのい》をして宮中を見廻っていた近衛舎人の堀河が、翌日に煙のように消えてしまった。奇遇にも、堀河が消えたのは、源氏物語の第二帖《帚木》が宮中で話題になった、すぐ後だというのだ。

吉平が教えてくれたところによると、《帚木》のあらすじは、主人公の光源氏が新しい家に帰らず、宮中に宿直をした雨の夜に、頭中将《とうのちゅうじょう》らの友たちと女の品定めをして語り合うというものだ。

そして堀河が消えたのも、雨夜に宿直をした直後だった。

堀河は警固のために宮中に泊まっていたので、宿直の意味が少し違うものの、夜に宮中に留まっていたという点では、物語の男たちと堀河は確かに似通っている。また、堀河は仲間の男たちと、よく女の品定めをしていたそうだ。そのようなところも、物語に似ていた。

口さがない女房たちは、生首の噂と、源氏物語の内容を結びつけ、あれやこれやと喧《かまびす》しいそうだ。

だが、そのおかげで、源氏物語はいっそう話題となり、宮中の男たちもこぞって読むようになったらしい。

当の紫式部が、犬が生首を銜えて内裏に潜り込んできた時、それを目撃してしまったという。生首は異様な白さで、目が青かった。ほかの女房たちも叫び声を上げて、紫式部も気を喪ってしまった。彰子は目撃しなかったものの、酷《ひど》く怯《おび》えるようになったそうだ。

「そこで、帝や彰子様の目には決して触れさせてはならぬと、犬が二度と現れぬよう、祈禱をすることになった。生首が堀河の生霊に由縁《ゆえん》するものならば、その生霊の退治もしようと。そのような折に、堀河が消えてしまったのだ」

吉平は大きく息をつき、少納言に訊《たず》ねた。

「道長様をはじめとして、皆、堀河が生存しているか否《いな》かを占えと煩《うるさ》いが、正直、確かなことは言いかねる。弟も占ってはみたが……ぼんやりとしか視《み》えないようだ」

「吉昌様がはっきり視ることができないのならば、吉平様はまったく視えないわよね」

少納言が遠慮なく言うと、吉平はいかつい顔をますます顰《しか》めた。盃を手に取り、一気に呷《あお》る。

「いかが？」

小納言は瓶子を吉平に差し向ける。吉平は瓶子を奪い取り、手酌で立て続けに三杯酒を呑み干した。

こうしたいじらしさが、いとをかし。小納言は口元に小さく笑みを浮かべた。

「だからこそ、少納言の君に知恵を貸していただきたく、こうして参上したのだ。……で、貴女は率直《そっちょく》に、この騒ぎについて、どう思う」

吉平と目が合い、少納言は微笑した。

「さて、どうかしら」

少納言はかつて吉平に、このように言ったことがある。――陰陽師の貴方《あなた》に向かって言うのもなんだけれど、この世における謎において、人知で解けぬものはないと、私は思っているの。祈禱や呪術にも、確かに意味はあるでしょう。でも人と人との間に起きる謎には、何か必ず裏があるのよ――。

それは少納言の本心であった。少納言は吉平を真っすぐに見つめ、訊《き》き返した。

「その前に、吉平様はどのようにお考えになっているの？　聞かせてほしいわ」

吉平は眉根を寄せ、腕を組んだ。

「私は、生首は偽物ではなく本物だと思う。しかしながら、堀河は生きていたのに、堀河としか思えぬその首が犬に銜えられていたというのが、どうしても解《げ》せぬ」

少納言は、妖しく灯る高燈台に目をやった。

「私も生首は作り物ではなく本物だと思うわ。生霊でもないでしょう」

「生霊でないとしたら、何なのだ」

「堀河様には、兄君や弟君はいらっしゃらないのかしら」

吉平は首を横に振った。

「堀河は双子でも三つ子でもない。妹はいるが兄弟はいないはずだ。それぐらいは調べてある。ほかに考えられるとしたら、赤の他人でそっくりな者がいるということぐらいか。犬が銜えていたのは、似た男の首だった、と」

少納言は檜扇をそっと扇いだ。染み込ませた白檀《びゃくだん》の香が、ふわりと漂う。

「何かの訳があって、生まれてすぐに寺にでも預けられた兄君か弟君がいたかもしれないわよ」

「ほう。なかったことにされてしまった兄弟という訳か。いったい、どうしてだ」

「堀河様は近衛舎人なのでしょう。ならばご先祖は蝦夷《えみし》征伐に行っているのではないかしら」

奥羽の蝦夷の征討は、延暦二十二年（八〇三）の志波城の落城によってほぼ目的を達成した。それ以降は蝦夷への遠征を中止している。だが軍事組織である軍団は、奥羽に残って見張りを務めた。その軍団も天長三年（八二六）には陸奥《むっ》と出羽を除いて廃止され、軍事要員は検非違使へと変わっていった。

少納言の口から、突然、蝦夷の話が出たので、吉平は首を傾げた。

「蝦夷征伐といえば、近衛府将監であった坂上田村麻呂が征夷大将軍として任命されたものが名高いな。だが、蝦夷征伐がどうしたというのだ」

「ご先祖様が奥羽にいた時に、蝦夷の女のよさを知ってしまったとしたら」

吉平が怪訝《けげん》な面持ちで、少納言を見つめる。少納言は続けた。

「人なんて分からないものよ。征伐にいっていながら、蝦夷女と恋に落ちたかもしれない。その女を連れて帰ってくるのは無理だったでしょうが、蝦夷女のよさが忘れられずに、俘囚《ふしゅう》に目をつけたのでは」

俘囚とは、陸奥と出羽の蝦夷のうち、蝦夷征伐の後で朝廷の支配に属するようになった者のことだ。集団で移配（強制移住）させられ、移配先は九州までの全国に及んだ。

「堀河の先祖に、俘囚女との間にできた子供がいたのではないか、ということか」

「そのとおりよ。ご先祖は、俘囚としてこのあたりに住むようになった蝦夷女に言い寄り、子供まで作った。恐らくその子供には、蝦夷人の特徴は現れなかったのではないかしら。それで堀河様のご先祖は、その子を自分の子として認めて育てた。ご先祖には恐らくほかに子供がいなかったか、あるいは皆早逝《そうせい》だったけれど、その蝦夷女との子供は残ったので、その子は堀河の名を継いだ。つまりは堀河家には、ここから異民族である蝦夷の血が混ざった。そして何代か経て、堀河諸兄様のご兄弟が生まれたのだけれど、その子の目は青かった。突然、蝦夷の血が現れてしまったのよ」

吉平は目を見開き、またも首を傾げた。

「些《いささ》か想像が過ぎるのではないか？」

「あら、私の勘働きをお疑いになると？」

少納言は吉平を睨《ね》める。

「いや、そういう訳ではないが。……だが、急に現れるなんて、あるものだろうか。代が替わるごとに、蝦夷の血は薄まっていくようにも思うが」

「突然現れることはあるみたいよ。まあ、それまでも、髪の色が多少違うなどといった現れ方はあったかもしれないけれど。さすがに青い目というのは、怖かったのではないかしら。不吉なものを感じて、それで生まれてすぐに寺にでも預けて、出生自体をなかったことにしてしまったのでは」

「すると犬が銜えていた生首は、その蝦夷の血が顕著に現れた、堀河の兄弟のものではなかったかというのだな」

「ええ。私はそのように思うわ」

「だが……寺に預けられていたというのはどうなのか。生首の髪は長かったという。犬はその束ねた髪を銜えていたのだ」

「長らく、稚児《ちご》の役目だったのでは」

少納言の答えに、吉平は絶句してしまう。女の恰好《かっこう》をして、僧侶たちに可愛がられていたということだ。

「随分大胆な推測だ。本当にそうなのだろうか」

怪しむ吉平に、少納言は微笑んだ。

「さて、どうかしら。でも、この説ならば、堀河諸兄様によく似た青い目の生首の謎が解けるのではなくて？」

「うむ」

黙り込んでしまった吉平に、少納言は顎を上げて言った。

「私の勘働きをお疑いになるのならば、もう一度よく、堀河様のご兄弟について調べてみたらいいわ。ご先祖についてもね。父君か母君がご存命ならば、詳しく訊きにいってみては如何《いかが》かしら」

吉平は目尻を掻《か》きつつ、低い声で答えた。

「据継《すえつぐ》に伝えておこう。俘囚だった蝦夷女か。妄想交じりの推測のような気もするが」

妄想交じりと言われ、少納言はかちんとくるも、気を鎮《しず》めて、気になったことを訊ねた。

「据継様とは何方？」

「柳原《やなぎはら》据継。私と懇意の仲の、検非違使少尉だ。私より二十歳ほど若いが、よい働きを見せている」

吉平は齢五十を過ぎているので、据継は三十を超えているだろう。

「ならばしっかり調べてくれそうね」

少納言は頷きつつ、長い黒髪を物憂《ものう》げに指で梳《す》いた。

「私のこの髪。少し縮れているでしょう。前から思っていたのよ。もしやご先祖様に異民族の女と恋仲だった人がいて、どこかで家系にその血が混ざったのかしら、って。私のこの髪には、それが突然現れたのかもしれないわ。父君も母君も兄君たちも、髪は真っすぐだったもの」

するると吉平は盃を持つ手を止め、少納言の黒髪を眺めた。

「だが、その髪、以前より艶やかになっているように見えるが」

「あら、本当に？　ならば嬉《うれ》しいわ」

吉平は世辞を言うほど気が利く男ではないので、本音だろうと、少納言は素直に喜ぶ。少納言の髪が麗しくなっているのは、鈴音のおかげでもあった。

吉平は話を続けた。

「貴女の想像が当たっているとして、いったい誰がどうして、生首騒ぎなどを起こしたのだろう。誰が堀河の兄弟を殺したというのか。また、消えた堀河は、どこで何をしているのか。生きているのだろうか」

少納言は少し考え、答えた。

「誰が殺したのか、そこまでは、まだ見当がつかないわ。もし下手人《げしにん》が騒ぎを起こした訳が、堀河様の生首と思い込ませることが目的だったとしたら……堀河様は消えた訳ではなくて、逃げて、どこかに身を隠しているのではないかしら」

「では、まだ生きているというのか」

「堀河様に似た生首が現れたことで、生霊だの呪いだのと騒がれたのでしょう。本人にとってみれば、かなり恐ろしいことだったに違いないわ。もしや、何かの祟りではないかと思ったのかもしれない。祟りだと思うには、きっと後ろめたいことがあるから。堀河様は実際、何かの悪事を働いていたのではないかしら」

「後ろ暗い思いがあって、それで慄《おのの》いて逃げたというのか」

少納言は小さく頷き、檜扇を扇ぎながら、目を泳がせる。暫《しば》し考えを巡らせ、口を開いた。

「……もしかしたら、堀河様はご兄弟のことを知っていて、一緒に悪さをしていたのかもしれないわ。それで片方がそのような目に遭わされたので、次は自分かもと震え上がってしまったのよ」

吉平は眉根を寄せた。

「よくもそこまで想像が働くものだ」

少納言は吉平を屹度《きっと》見た。

「私に話を聞きにいらしたのだから、黙って最後まで聞いてほしいわ」

吉平は仏頂面で頬を掻《か》く。少納言は息をつき、続けた。

「ご兄弟がそのような目に遭わされて、堀河様はきっと、祟りではなくて、魔の手が自分にも伸びてきていると悟ったのよ。……だとすると、相当恨《うら》みを買うようなことをしていたのかしら。首を斬《き》られるぐらいなのだから」

「つまりは、こういうことか。下手人が犬に兄か弟の首を銜えさせて走らせたのは、伝言だったと。お前らの悪事をすべて知っているのだぞ、というような」

「私はそのように見ているわ」

吉平は首を捻る。

「いったいどんな目的が、兄弟を結びつけていたというのだ。……まあ、まだ貴女の想像の域だからな。兄弟が本当にいたかどうかを、まずは調べてみなければ」

少納言は薄笑みを浮かべて、吉平を眺めた。

「吉平様、私を頼っておきながら、随分と疑い深くていらっしゃるわね」

「いや……そのようなことはないが。貴女の推測が、些か流暢《りゅうちょう》過ぎるのでね」

吉平は憮然《ぶぜん》とした面持ちだ。

——知恵を借りたいと仰《おっしゃ》りながら、私の言葉を易々と認めることはできないようね。

少納言は、胸の内が素直に顔に出る吉平を、実は憎めないとも思っている。それゆえに、からかいたくなる時があるのだ。

少納言は、空《から》になった吉平の盃に酌をした。

「ご兄弟が本当にいたかを、入念に調べてみるといいわ。もしいたのならば、どのように暮らしていたのかを探ってみては如何かしら。そこから兄弟の接点と、動きが分かるかもしれないわ」

「そうすれば下手人が浮かび上がってくるのだろうか」

少納言に注がれた酒を啜り、吉平は唇を少し尖らせる。少納言は微笑んだ。

「さて、どうかしら。それから先は、検非違使や陰陽師の皆様の、腕の見せ所ではなくて？」

「……まあ、そうだな」

吉平は顎を撫で、黙り込む。少納言も酒を味わいつつ、訊ねた。

「ところで、堀河様は女の品定めをよくしていたというけれど、どのような女性を評価していたのかしら」

「うむ。堀河は自他ともに認める色好みだったらしく、にやけながら、このようなことを言っていたようだ。可憐《かれん》で無垢《むく》な女もいいが、どこか不埒《ふらち》な女にも惹《ひ》かれる。継子をも誑《たぶら》かす藤壺のような女がよい、とな。藤壺とは源氏物語に出てくる、光源氏の継母のことだ」

少納言は目を見開いた。

「まあ、源氏物語って、継母が継子を誑かすような話なの」

「いや、藤壺は誑かすような女には描かれていないだろう。光源氏は藤壺に思いを寄せているようだが。そのような筋から、堀河が大袈裟《おおげさ》に話していただけと思われる」

「堀河様は藤壺という女性を、そのように受け止めたという訳ね」

「好き勝手に語っていたのだろうな」

「堀河様の女性関係は探っているの」

「もちろん、調べているところだ。先にも言ったが、堀河は色好みだったらしく、いろいろな女にちょっかいを出していたようだ」

「ならば女性を巡って、ご兄弟と一緒に悪さをしていたのかもしれないわね」

吉平は腕を組み、呻くような声を出した。

「うむ。それで恨みを持たれてしまったと。女は宮中の者だろうか」

「恐らく」

吉平は料理を平らげ、酒を呑み干すと、姿勢を正した。

「知恵を貸してくれたこと、礼を言う。貴女の説は、弟と据継に伝えよう」

一礼し、腰を上げようとする吉平に、少納言は声をかけた。

「あら、もうお帰りになってしまうの。事件のお話、もっと聞かせてほしいのだけれど」

吉平は苦々《にがにが》しい面持ちで答えた。

「いや、どうも少納言の君の推測は、先走り過ぎているような気もするのでな。まずは調べてみることにしよう。それに、久方ぶりに現れてこれ以上長居《ながい》をしては、厚かましいにもほどがある。今日はこれで暇《いとま》しよう」

少納言は吉平に微笑んだ。

「楽しかったわ。怪事件のお話も聞けて。もし何かお分かりになったら、また報《しら》せにいらして」

「うむ。まあ、機会があれば」

吉平は歯切れが悪い。

「あら、せっかく知恵をお貸ししたのだから、その後について報せてくださるのは、筋というものでしょう」

少納言は笑みを浮かべつつも、有無を言わさぬ眼差《まなざ》しで吉平を見やる。吉平は中腰のまま、顎をさすった。

「分かった。報せに参ろう」

「約束よ。お待ちしているわ」

吉平はなんとも言えぬ面持ちで、帰っていった。

三

吉平を見送った後で、鈴音がクコ酒を少納言へ運んできた。

「ご酒、もう少し如何ですか」

「あら、気が利くわね」

少納言が盃を差し出すと、鈴音は丁寧に注ぎ、訊ねた。

「少納言様は、吉平様と、宮中にいらした時にお知り合いになられたのですよね」

「そうよ。定子様のお躰《ひど》が酷く優れなかった時、陰陽師たちに祈禱を頼んだの。それで顔見知りになったのよ」

「吉平様はじめ陰陽師たちの祈禱で、定子様は治《なお》られたのですか」

鈴音は続けて訊ねながら、円い目をくりくりと動かす。少納言と吉平の関わり合いについて、興味をそそられるのだろう。

少納言はクコ酒を一口啜って、答えた。

「ところが、治らなかったのよ。それどころか、いくら陰陽師たちが熱心に祈禱をしても、日に日に悪くなっていく一方なの。で、それを解決したのが私だったってわけ。定子様の具合が悪くなった原因を、私が解き明かしたのよ」

鈴音は目を見開き、息を吞む。

「どのようなことだったのですか？　少納言様、教えてくださいませ」

身を乗り出す鈴音をやれやれと思いつつ、そのようなところは自分に似ていると、少納言はふと気づく。

少納言はクコ酒を傾けながら、鈴音に吉平との経緯を教えた。久しぶりに知り合いに会い、興味深い事件の話も聞いたので、今宵の少納言は気持ちが昂《たかぶ》り、饒舌《じょうぜつ》だ。

定子の病に纏《まつ》わる事件とは、このようなことであった。

夏頃から定子の具合が悪くなり始め、食欲も失《う》せていった。やがて水菓子（果物）しか食べられなくなり、女房や内膳司《ないぜんし》の役人たちと相談して、滋養のある柿を主に料理を作ることにした。柿は、卒中や心不全を防ぐなどの薬効を持ち、なによりも定子の大好物であったからだ。ちなみに内膳司とは、天皇や皇后の食事を司《つかさど》る役所である。

柿を煮たり、擂《す》り潰《つぶ》したり、豆腐と併せて白和《しらあ》えにしたりと、様々な調理法で、定子に出した。定子は柿ならば食べられたので、それで滋養を摂《と》ることはできた。

ところが、一月《ひとつき》近く経《た》っても、一向に病は改善されなかった。そこで陰陽師たちが交替で定子のもとを訪れ、祈禱するようになったのだ。その折に少納言は、吉平と顔見知りになったという訳である。

異能を持つ集団である陰陽師たちの中で、吉平は当時から冴えなかった。噂もそれとなく伝わってきた。吉平は、弟の吉昌と違って、父の晴明の異能を残念なことに受け継がなかった、と。

それゆえ少納言は、吉平が祈禱に訪れる時には、少々訝《いぶか》しげに彼を眺めていたものだ。

定子への祈禱は繰り返された。だが、吉平はともかく、吉昌をはじめほかの陰陽師たちがいくら祈禱しても定子の具合はよくならず、帝も女房たちも青褪《あおざ》めていった。

——何かの怨霊《おんりょう》が定子様に取り憑《つ》き、それが強い力を持ち過ぎていて、なかなか離れないのでは——。皆の間に、そのような懸念が膨れ上がっていったのだ。

定子は、柿を擂り潰したものを女房に口に流し込まれて、ようやく滋養を摂っていた。

皆、定子の看病に疲れてきていた。すっかり寒くなったある日、少納言は火桶《ひおけ》に当たりながら、自分も柿を食べたくなった。皮を剝《む》いて切り、その中に埋まった大きな種を見つめ、ふと思った。――もしや定子様は、柿の食べ過ぎで、病がなかなかよくならないのでは――。

柿の種を見て、どうしてか勘が働いたのだ。柿には確かに滋養があり、薬効もある。しかし、薬だって摂り過ぎれば、逆に毒になることもあるのではないか、と。

少納言が気づいたその日、定子のもとに祈禱に訪れた陰陽師が、ちょうど吉平だった。吉平が頼りないことを知っていたので、少納言は少々迷ったが、思い切って話してみた。定子の病には、怨霊ではなく柿が関わっているのではないか、と。そして、頼んだ。

――このこと、陰陽寮の上の方にお話ししてみてくださらない？

すると吉平は訝しげに答えた。

――話してみてもいいが、柿が原因とは如何なものか。もしそれが本当だとしたら、定子様の侍医《じい》が気づくのではなかろうか。

少納言は溜息《ためいき》をついて返事をした。

——そう思われるのも尤《もっと》もですわ。ですが、医師《くすし》といえども人間でございます。思い込みで、真実が見えなくなってしまうこともあるのではないでしょうか。柿は躰によく、薬効もあると思い込み、一歩間違えれば毒になることを見落としてしまっているのかもしれません。

吉平は腕を組み、首を傾げるばかりだ。そこで少納言は提案してみた。

——ならば、こういたしましょう。侍医に頼んで、柿に本当に毒になる何かがあるかどうか、詳しく調べていただきます。その結果、柿の毒が真実だったと分かりましたら、吉平様が陰陽寮の方々にそのことをお伝えくださいませ。……そうですね、ご自分のお手柄になさってもよろしいかと存じます。

すると吉平は目を瞬かせた。

——なに？　どのように話せばよいのだ。

——たとえば、このような伝え方は如何でしょう。……祈禱している時、柿が視えた。種の中に埋まっている大きな種も。その種がなにやら不気味で、柿を食べ過ぎると、種のような塊《かたまり》が躰にできてしまうのではないかと思えた。それが原因で定子様はなかなかよくならないのだと気づき、女房に頼んだ。侍医に柿についてよく調べてもらうように、と。そうしたら、本当に柿が原因だった。……そのようにお伝えになれば、吉平様のお手柄になるのではございませんか。

吉平は目を皿にし、ごくりと喉を鳴らした。

——まあ、それならば手柄にはなり、ありがたい。だが、本当にそのようなことがあるのだろうか。

まだ訝しげな吉平に、少納言は凛《りん》と言った。宮中きっての才女と謳《うた》われていた少納言は、高い矜持《きょうじ》を持っていた。

——とにかく、侍医の方にしっかり調べていただきます。その結果は、次に吉平様がお見えになった時にお伝えいたします。私の勘働きが間違っておりませんでしたら、どうぞご自分のお手柄になさってくださいませ。

——うむ。

吉平は少納言に気圧《けお》されつつ、頷いた。

吉平がそこまで気づいていたかは定かではないが、少納言はこの時、彼にたまには花を持たせてあげたかったのだ。駄目な陰陽師だの、冴えない男だのと貶《けな》されつつ、吉平はそれでも熱心に仕事を務めていることに、少納言は気づいていた。

吉平と約束すると、少納言は早速、侍医に柿について詳しく調べてもらうよう頼んだ。侍医は典薬寮に置かれている膨大な文献に隈《くま》なく当たり、鴻臚館《こうろかん》にまで出向いて、訪れていた高麗人の医者にも訊くなどして、熱心だった。そしてその結果、柿を食べ過ぎると、胃ノ腑《ふ》に石のような塊ができることが分かったのだ。

ちなみに鴻臚館とは、平安京にある外交の施設であり、筑紫や難波にも置かれている。その頃、遣唐使は既に廃止されていたが、大宰府の統制下で、鴻臚館で北宋や高麗と取引が行われていた。それは今も続いている。

やはり定子の病がなかなか治らないのは柿の食べ過ぎが原因ではないかと思われ、柿を食べさせるのをやめ、胃ノ腑の塊を溶かすような薬を飲ませると、徐々に回復していった。

そして吉平は少納言に言われたとおり、陰陽寮の者たちに伝え、自分の手柄にしたという訳だ。弟や仲間たちから見直され、吉平の株は上がったが、ここで少納言に大きな借りができてしまった。それも、吉平が少納言を苦手としている一因なのだろう。女性に花を持たせてもらったということに、きっと未だに引け目があるのだ。

ともかく定子が回復して、宮中の者たちは胸を撫で下ろした。表向きは吉平が解決したこととなったが、この一件で、少納言は自分の勘働きにやけに自信を持ってしまった。偶《たま》さかだったのかもしれないが、見事に当たっていたがゆえに。

それから推測好きに拍車がかかったという訳だ。推測好きは、物書きの宿命でもある空想癖の延長線上にあるものなのかもしれなかった。

味を占めた少納言は、以来、宮中でちょっとした事件が起きると首を突っ込むようになった。事件には、検非違使だけでなく陰陽師も時に出張ってくる。そこへ少納言も絡んでいくようになり、定子の具合がよくなった後も、吉平としばしば顔を合わせていたのである。

その頃を思い出し、今宵、少納言は得意気だった。

「そして私は度々《たびたび》、見事な勘働きで謎を解き明かし、検非違使や陰陽師たちの舌を巻かせていたの。今や陰陽頭の吉昌様も、私のその活躍を覚えていて、この度、知恵を借りたいと思ったみたいよ」

少納言の話を聞き終えると、鈴音は胸の前で手を合わせ、声を弾ませた。

「さすが少納言様ですわ！　端から、吉平様の一枚も二枚も上手をいってらしたのですね」

「まあ、それは当然よ。とにかく、そのようなことがあって、吉平様は私に未だに頭が上がらないみたいね」

鼻を高くする少納言に、鈴音は酌をした。

「拗《す》ねていらっしゃるのでしょうか」

「そうなのかもしれないわ。……でも、そういうところ、なんだか憎めないのよね」

吉平の相変わらずの態度を思い出し、少納言の頬が緩《ゆる》む。鈴音も意味ありげに微笑んだ。

「少納言様からご覧になると、吉平様のような殿方は可愛らしいのではありませんか」

鈴音の無邪気な問いかけに、少納言は思わず、ふふ、と笑みを漏らす。少納言は鈴音の小さな額を、指でそっと突いた。

「また大人びたことを言って」

肩を竦《すく》める鈴音に、猫の小玉が寄ってくる。高燈台が灯る部屋で、女三人、のんびりと夜を過ごした。

四

それから数日経ち、小雨が降る夜、吉平が再び少納言の邸を訪れた。

鈴音に連れられて部屋に入ってきた吉平を見て、少納言は勘を働かせる。吉平は少納言と向かい合って座り、息をついた。

酒と料理を運んできた鈴音の、ちらちらとした眼差《まなざ》しに、吉平は咳払いをして背筋を伸ばす。そのような吉平を、少納言は静かに眺めていた。

今宵の料理は、鰯《いわし》の塩焼きに、冬瓜の生姜《しょうが》汁だ。この冬瓜、実は邸の庭で、少納言と鈴音が育てたものである。

高燈台の灯《あか》りの中、吉平はバツが悪そうな顔をしている。少納言は訊ねてみた。

「それで、あの件、如何だったかしら。堀河様のご兄弟の有無は」

すると吉平は姿勢を正し、少納言に一礼した。

「貴女の言うとおりだった。弟も甚《いた》く感謝し、くれぐれもお礼を伝えてくれとのことで、本日は参った」

深々と頭を下げる吉平を眺め、少納言は笑みを浮かべた。吉平は、本当は来たくなかっただろうが、少納言と約束した手前、渋々と訪れたようだ。

「やはり、なかったことにされたご兄弟がいたのね」

吉平は頷き、検非違使たちの探索の結果について、少納言に詳しく語った。

少納言が推測したとおり、堀河には、生まれてすぐに寺に引き取られた年子の兄がいたということが分かった。

堀河の父は既に没しているが、母は生きており、再婚相手の赴任先である播磨国《はりまのくに》に住んでいた。検非違使の据継がそこまで訊きにいったところ、堀河の母は正直に話した。

母は、兄を産むまで、堀河家に蝦夷の血が混じっていることを知らなかったという。だから青い目の子を産んだ時、驚きのあまり胸が潰れるかと思ったそうだ。家族の者たちでよく話し合い、その子は清水寺《きよみずでら》に預けることにしたという。

「それを聞き出した据継は、早速清水寺へと向かった。だが、堀河の兄は五年前に追い出されたとのことだった。それからは行方《ゆくえ》が分からないという。兄が追い出された訳は、素行不良が目立っていたからだ。寺をこっそり抜け出しては、平安京の七条大路より羅城門《らじょうもん》側の、鄙《ひな》びた民家で開かれている賭場へ行くなどしていたらしい」

堀河に隠された兄がいたことが明らかになり、吉平は少納言にいっそう頭が上がらなくなりつつあるようだ。その気持ちを慮《おもんぱか》りながら、少納言は吉平に酒を注いだ。

「かたじけない」

呑み干し、吉平は大きな息をついた。

「貴女が察したように、あの生首は堀河の兄のそれだったのだろう。検非違使たちも弟も、そう見ている」

「そのようね」

「堀河の兄は、清水寺を追い出されてから、どのように生きていたのだろうか」

「どこかのお寺に、再び稚児として潜り込んでいたのではないかしら。そこでも同じようなことを繰り返していたのでしょう」

稚児には、「幼い子供」という意味もあるが、「寺に預けられている男子」という意味もある。美しい男子は、成長してからも僧侶たちに可愛がられた。

吉平は腕を組んだ。

「兄は、透きとおるような色白で、小柄で、青い目だったというからな。あながち間違ってなかろう。しかして、あの生首が本当に兄のものだったとしたら、どのような経緯でそれほどの仕打ちを受けたのだろうか」

「気になるわね」

少納言は吉平を眺めながら、酒を啜る。そして不意に立ち上がった。

「ねえ、少し待っていていただけるかしら。美味《おい》しいものをお持ちするので」

吉平は目を瞬《しばたた》かせ、台盤を眺めた。

「いや、これで充分だが」

少納言は首を横に振った。

「いえ、まだ足りないわ。とにかく、お待ちになって」

言い残し、少納言は部屋を出ていった。

少納言は少しして戻り、吉平に皿を差し出した。それを眺め、吉平は相好《そうごう》を崩して声を上げた。

「これは餅餤《へいだん》ではないか！　貴女が作ってくれたのか」

「そうよ。吉平様がお好きなこと、覚えていたの」

「それは、ありがたい」

吉平は餅餤を摑《つか》み、顔を輝かせながら頬張った。ちなみに餅餤については、少納言は枕草子にも記した。作り方はいくつかあるが、少納言はこのようにして作っている。鵞鳥《がちょう》や鴨の卵と野菜を一緒に煮たものを、餅で挟んで、食べやすい大きさに切るのだ。

定子の祈禱にきてもらっていた時、少納言が作って出すと、吉平は夢中で食べ、お代わりまで欲しがった。それを覚えていて、今宵も振る舞ったという訳だ。野菜には野蒜《のびる》を使ったが、卵と野蒜と餅の蕩《とろ》ける歯触りが堪《たま》らないのだろう、吉平はあっという間に平らげてしまった。

「いやあ、旨《うま》かった！　少納言の君が作る餅餤は、格別だ」

吉平は、ますます膨れたお腹をさする。相変わらず食い気たっぷりの吉平に、少納言は微笑んだ。

「喜んでいただけて嬉しいわ。いつでも作って差し上げるわね」

「本当か？　いや、それはありがたい」

吉平は目尻を下げる。いつもは強い面持ちなのに、吉平は笑うと垂れ目になり、少納言には、それがまたなんとも可笑《おか》しいのだ。

少納言は笑みを浮かべながら、切り出した。

「その代わりと言ってはなんだけれど……お願いがあるの。堀河様の兄君が出没していたというその賭場へ、私を連れていってくださらない？　そこを探れば、また何か手懸かりを摑めそうよ」

吉平は急に真顔になり、目を幾度か瞬かせ、少納言の顔をじっと見つめた。

「正気か」

「もちろん。現場をこの目で見て、確かめなければ、真実など分かる訳がないわよ。ね、そうでしょう」

「悪いことは言わぬ。検非違使に任せておけ」

吉平が止めようとしたところで、少納言は聞く耳など持たない。

「だって検非違使だけでは、堀河様の隠された兄君を突き止めることはできなかったでしょう。そうではなくて？」

などと痛いところを突き、笑みを浮かべる。

吉平は手でこめかみを押さえた。少納言は一度こうと決めたら頑として考えを曲げぬことを知っていて、眩暈《めまい》を覚えたのかもしれない。

「まったく、貴女は相変わらずだな」

「大丈夫よ。吉平様が付き添ってくだされば。怖いことなんて何もないわ」

「急に餅餤を振る舞うとは、おかしいと思っていたのだ」

騙《だま》されたとばかりに吉平は眉間《みけん》に皺《しわ》を寄せる。

「あら、喜んで召し上がっていらしたじゃない」

「それは……まあ貴女の餅餤は格別に旨《うま》いからな。しかし、胃ノ腑を摑んで交渉に持ち込むそのやり口、卑怯《ひきょう》なり」

吉平は眉を顰め、大きな溜息をつく。少納言は澄《す》ました顔で、檜扇を扇いだ。

「厄介な女と関わってしまったと思っていらっしゃるようね」

「いや……そんなことはない。ただ、気が重いだけだ」

「この事件、ちゃんと解決できたら、吉平様のお手柄になるわよ。私はそのお手伝いをさせていただきたく思っているの」

「手柄になるのだろうか」

「絶対になるわよ。でもそれには、私の願いを叶えてもらわないと」

吉平は憮然とした面持ちで、酒を呑み干す。二人で行くことを条件にして、吉平は渋々と承諾した。

五

吉平によると、堀河の兄が出入りしていたというのは、七条大路より羅城門側の、鄙びた民家で開かれている賭場だった。

平安京は碁盤の目のように整然と造られた都だが、場所によって治安にかなりの違いがある。大内裏や公卿及び公家の邸が集まっている北方が最良とすれば、羅城門跡がある南方に向かって悪くなっていく。また東方と西方でも異なり、左京と呼ばれる東方の治安はよいが、右京と呼ばれる西方に行くにつれて悪くなる。

少納言が住んでいる、東山月輪の邸は、平安京の外になる。近くには定子の陵墓や泉涌寺《せんにゅうじ》があり、緑が多い。喧噪から離れたこのあたりは、里のような趣《おもむ》であった。

里の暮らしもよいが、たまには刺激がほしくなるものだ。賭場へと赴く日、少納言は朝から胸を弾ませていた。

鈴音のように、小袖に褶《しびら》を羽織り、腰布で縛って固定する。怪しげな場所に赴くので、地味な色目がよかろうと、小袖、褶、腰布ともに濃紺のものを選んだ。鈴音に手伝ってもらい、長い髪は捩《ね》じって束ねて、小袖と褶の間に入れてしまう。平民に扮する少納言を眺め、鈴音は含み笑いだ。

支度を終えると、少納言は庭の池に自分の姿を映して、悦に入った。

「私って案外このような恰好も似合うじゃない。ねえ、鈴音もそう思うでしょう?」

「はい。とてもよくお似合いです。少納言様の可愛らしいお姿に、吉平様もお喜びになりますでしょう」

「やだ、鈴音ったら。可愛いだなんて」

はしゃぐ少納言に、小玉もからかうような啼《な》き声を上げた。

そこに吉平が迎えにきて、二人は賭場へと赴いた。少納言の邸から歩いていけないこともないが、少し離れているので、吉平の牛車《ぎっしゃ》である網代車《あじろぐるま》に乗って向かう。公家が使う牛車も官位によって定められており、吉平が少納言の邸を訪れる時はいつもこの網代車を使っていた。

牛車の屋形の中、少納言と吉平は隣り合って座った。吉平は少納言の姿に目を丸くしつつも、鈴音が言ったように、どこか嬉しそうだ。

「髪を束ねているのも、なかなかよいではないか」

「気に入ってしまったわ。とても動きやすいのですもの」

髪を束ねて快活な面持ちが露《あら》わになった少納言に、吉平は目を細める。少納言も吉平を見て、微笑んだ。

「吉平様も意外にお似合いよ。いつもの恰好より、幾分すっきりして見えるわ」

吉平も萎烏帽子《なえぼし》を被り、直垂《ひたたれ》に小袴を纏い、草鞋《わらじ》を履いて、平民の姿に変えていた。地味な濃茶の色目で統一している。吉平は、ふくよかな頰を掻いた。

「いつもの狩衣では肥《こ》えてみえると言いたいのだな」

「あら、殿方は逞《たくま》しいほうがよいものよ」

「などと言いながら、女性は、すらりとした見目麗しい男に惹《ひ》かれるものだ」

不貞腐《ふてくさ》れる吉平を横目で見て、少納言は笑みを漏らした。

揺れる牛車の中、物見（小窓のようなもの）から見える景色を楽しんだ。平安京に近づくにつれ、少納言の気分はいっそう高まっていく。

平安京の入口には羅城門が立っていたが、天元三年（九八〇）に暴風雨で倒壊してからは建て直されておらず、跡地になっている。

その羅城門跡の近くで車を降りた。牛飼童《うしかいのわらわ》を待たせて、そこからは歩いていく。

羅城門が立っていたあたりは、平安京の入口だというのに、土埃《つちぼこり》が舞い、悪臭が漂い、すべてが薄汚れて見える。少納言は目を光らせた。

治安の悪さにも怯《ひる》まずに、少納言と吉平は朱雀大路《すざくおおじ》をうろつきながら、道行く者たちに訊ねていった。遊んでいそうだが、人が好《よ》さそうな男を選んで、吉平が声をかける。

「このあたりに、賭場になっている鄙びた民家があるって聞いたんだが、知らないか？　遊びにいきたいんだ」

すると、教えてくれた者がいた。

「ここを真っすぐ行くと、西寺《さいじ》があるだろ。そこをさらに真っすぐ行って、宇多小路《うだこうじ》を南に逸《そ》れたところにあるよ。掘立小屋みてえなとこだから、分かると思うぜ」

少納言と吉平は礼を言い、直《ただ》ちに向かう。

男が言ったように、宇多小路まで出ると、すぐに突き止められた。確かに、長屋ではなく掘立小屋のようなところで、中から怪しげな声が漏れ聞こえてくる。

そこへ踏み込む前、吉平が囁《ささや》いた。

「丁寧な言葉は使わないように。女房言葉など、もってのほかだ」

「それぐらい分かっているわ」

答えながら、少納言は背筋を伸ばした。やはりいざとなると、緊張が走る。だが、隣にいる吉平を眺めて思った。

――吉平様は大柄で色黒で、強そうには見えるから、傍《そば》にいてくれると心強いわ。

些《いささ》か気が楽になり、勇んで賭場に乗り込んだ。中に入り、目を瞠《みは》る。荒くれの者たちが、大声を張り上げ、立膝をついて賭け事に興じていた。殆《ほとん》ど男だが、女も僅《わず》かにいて、男にしなだれかかっている。

鶏の啼き声も聞こえてくる。小屋の隅には、柵で囲った、闘鶏のための場所も作られていた。

普段ではお目にかかれないような、いかがわしい場所、そして人々に、少納言の胸は高鳴る。少納言は吉平に囁いた。

「堀河兄弟と同じ歳《とし》ぐらいの人に声をかけてみましょう。なるべくなら、一人で来ている人」

「そうだな。探してみよう」

二人は、そのような者を狙って声をかけていった。

「たまにここを訪れていた、寺の小姓のような男を知らないか？　色白で、青い目の」

すると、痩せた隻眼《せきがん》の男が、少納言と吉平を眺めて、訝しそうに言った。

「あんたら、どうしてそんなことを探ってるんだ」

少納言は思わず言葉に詰まる。すると吉平が答えた。

「おれらに迷惑をかけるようなことをして、逃げちまったんだ。それで行方《ゆくえ》を追ってるって訳さ。おれらには、マサと名乗っていたんだが」

「ふうん。ま、稚児丸《ちごまる》ならやりそうなことだ」

「ここでは稚児丸と呼ばれていたのか」

「恐らく、あいつのことだと思うぜ」

少納言は思わず身を乗り出した。

「なんでもいいから、稚児丸について知っていることを教えてくれない？」

隻眼の男は、少納言をじろじろと眺めた。

「いったい、なんだ。稚児丸があんたらにどんな迷惑をかけたのかい」

その時、賭場の元締めの、野太い声が響いた。

「そろそろ闘鶏を始めるぞ！」

双六《すごろく》に夢中になっていた者たちが、腰を上げようとする。少納言は速《すみ》やかに小屋の隅へと行き、闘鶏に使う場所をじっくりと眺めつつ、懐《ふところ》に手を忍ばせた。吉平はその様子を、黙って窺《うかが》っている。

皆が集まってくると、元締めが声を張り上げた。

「さあ、勝つのは黒か茶か！」

元締めの手下たちが、被せた藁籠《わらかご》を上げると、中から鶏が飛び出した。二羽とも、勢いよく羽ばたこうとする。手下たちが押さえつけ、一人が黒い鶏を、もう一人が茶色い鶏を摑んだ。

闘いの場所は二畳ぐらいの広さで、樫《かし》の木で作った柵で丸く囲われている。囲った中には、土砂が撒《ま》かれてあった。黒い鶏を摑んだ手下は柵の右手に、茶色い鶏を摑んだ手下は左手に立った。左右から鶏を放ち、闘わせるようだ。

元締めが叫んだ。

「さあ、どちらに賭ける！」

皆の目が二羽の鶏に集まる。どう見ても黒のほうが、大きくて荒々しい。啼き声も喧《やかま》しく、鶏冠《とさか》も赤々として、強そうだ。

皆、顔を見合わせながら、右手へと集まっていく。だが、少納言は左手へと寄った。茶色の鶏が勝つと見たのだ。少納言は、首を傾げている吉平に、目配せをした。怪訝な面持ちながら、吉平も少納言に従い、左手につく。すると何人かも左手へと寄ってきたが、黒い鶏が勝つと見た者が大多数だった。

隻眼の男も右手につき、少納言と吉平のことを疑わしそうに眺めている。少納言は微かな笑みを浮かべ、隻眼の男に向かって、こちらにいらっしゃいというように手招きをした。だが、彼は無視をした。

左右から鶏が放たれ、勝負が始まった。甲高《かんだか》い啼き声を上げながら向かい合う鶏たちに、皆、熱狂する。

「ほら、いけ！」

「やっちまえ！」

黒い鶏は、大きな羽を広げて羽ばたかせ、茶色を威嚇《いかく》する。その勢いに、茶色の鶏は怯《ひる》んでしまっているようだ。なかなか向かっていこうとしない。

黒い鶏は今にも飛びかかりそうだったが……なにやら様子が変わってきた。急に動きを止め、小刻みに震え始めたのだ。足を土砂に擦りつけ、むず痒《がゆ》いかのように躰をくねらせ、逃げ出そうとする。

「おい、黒いの、どうしたんだ」

ざわめきが起こる。少納言の傍《かたわ》らで、吉平は不思議そうな顔をしている。少納言は思わず叫んだ。

「茶色、勝てるわよ！」

その声に励まされたかのように、茶色い鶏が黒に向かっていった。勢いよく飛びかかり、尖《とが》った嘴《くちばし》で何度も突くも、黒はやり返すことができない。茶色の鶏は、あっという間に黒を伸《の》してしまった。

黒に賭けた者たちは呆気に取られ、首を傾げた。

「黒の奴、急に具合が悪くなっちまったのかな」

ぶつくさ言いながら、懐手《ふところで》で双六に戻っていく。

少納言は隻眼の男に近づき、微笑んだ。

「茶色に賭ければよかったのに」

「なんで分かったんだ」

「さて、どうしてかしら。……それより」

少納言は闘鶏で得た儲《もう》けを、差し出した。

「それで、さっきの続きよ。これを全部あげるから、稚児丸の話を聞かせてくれない？」

男は目を瞬かせ、すぐに摑み取った。

「お、おう。いいぜ」

今度は二つ返事で喋《しゃべ》り始めた。

その話から、堀河の兄に、恋人がいたことが分かった。恋人は、孫助《まごすけ》という男で、この賭場で知り合ったらしい。孫助はこの近くに住んで油を売り歩いている、行商人だという。

怪しげな男たちは、ふしだらな話を好むのだろう。隻眼の男はにやけながら、このようなことも教えてくれた。

「稚児丸は、男はもとより、女もいける両刀だったんだ。それで、孫助はよくヤキモチを焼いていたな」

孫助は無骨だが純情なところがあり、稚児丸に一途《いちず》だったという。

また稚児丸は、数月前頃からよく咳をしており、顔色も優れなかったそうだ。

「皆、初めは単なる風邪《かぜ》かと思っていたんだ。でも長引いていたから、胸でも悪くしていたのかもしれねえな。そういや、近頃まったく顔を見せねえし」

隻眼の男からいろいろと聞き出すと、少納言と吉平はさりげなく賭場を離れた。

孫助の住処《すみか》を探そうと思ったが、既に暗く、明日にすることにして、ひとまず帰った。少納言は明日も探索を続けるつもりだったが、網代車の中で吉平はさすがに怒った。

「それは据継に頼んで検非違使にやらせるから、少しはおとなしくしていてくれ。検非違使の仕事まで奪わないように」

「分かったわ」

そう答えながらも、少納言は頬を膨らませる。吉平もぶすっとしつつ、訊ねた。

「ところで闘鶏の賭けは見事だったが、どうして茶色が勝つと思ったんだ。宮中でも鶏合《とりあわせ》の行事があったから、その勘が残っていたのか」

鶏合は物合の一つとして、公家にも好まれている。黙ったままの少納言に、吉平はさらに問いかけた。

「それとも……何か細工をしたのか」

少納言は口を開いた。

「さて、どうかしら。吉平様は、如何《どう》思うの？」

吉平は仏頂面で腕を組んだ。

「始まる前、闘鶏の柵の中をじっと見ていたよな。その時、何かしたのか……」

少納言は懐に手を忍ばせ、小さな包みを取り出した。

「これを柵の中に撒いたのよ。吉平様も持っているのではなくて？」

吉平は額を手で打った。

「なるほど。柵の右手に、塩か胡椒《こしょう》を撒いたのか。刺激があるものは、鶏が苦手とするからな」

少納言が隠し持っていたのは、塩と胡椒を混ぜ合わせたものだった。それが鶏の足につけば痛み始めて、逃げ出そうとしてしまう。そのような罠《わな》を仕掛けた右手に放たれたのが、黒いほうだったので、案《あん》の定《じょう》、具合が悪くなって負けてしまったという訳だ。右手に放たれたのが茶色いほうだったら、そちらが負けていただろう。

少納言は塩と胡椒を包んだ懐紙を、指に挟んで軽く振った。

「一応、護身用に持ってきていたの。悪者が近づいてきたら、目にかけてやろうと思って」

吉平も懐から包みを取り出し、眉根を寄せた。

「私も常に塩は持っているのだが……闘鶏に使おうとは思いつかなかった」

陰陽師である吉平は、塩は浄《きよ》めのために携帯しているようだ。ちなみに胡椒は唐から伝えられ、奈良時代には生薬として用いられた。今は味付けとしても使われている。

吉平は肩を竦《すく》め、呟《つぶや》くように言った。

「悔しいが、また少納言の君に、してやられた」

少納言は微笑を浮かべる。

「悔しいだなんて……。張り合わなくてもいいじゃない」

「別に張り合うつもりはない」

「そう剝《むく》れないで。隻眼の男に、どうして探ってるんだと凄まれた時、吉平様が咄嗟《とっさ》に答えてくれたじゃない。おかげで助かったわ」

「まあ、私でも、それぐらいの機転は利く」

「ありがたかったわ。また餅餤をご馳走するわね」

すると吉平は、頬を微かに緩めた。

薄暗い屋形の中、少納言は吉平の横顔を眺めつつ、ふと気づいた。

「あの時……おれらにはマサと名乗っていた、とも仰《おっしゃ》ったわよね。もしや、マサって」

「うむ。弟の吉昌の名から、使わせてもらった」

吉平は悪びれもせずに言い、咳払いをする。

流れる雲の合間から、細い月が覗いていた。

六

それから三日が経《た》ち、少納言はせっかちにも焦《じ》れてきていた。探索がどう進んでいるのか、吉平がなかなか報《しら》せにこないのだ。吉平の邸を知っているのでそこへ乗り込んでみようかと考えていると、鈴音が遣《や》り戸の向こうから声をかけた。

「少納言様、お客様がお見えです。お通ししてもよろしいでしょうか」

少納言は首を傾げた。

「何方《どなた》かしら」

「検非違使の、柳原様と仰る御方です」

少納言は背筋を伸ばし、通すよう、鈴音に命じた。

据継は少納言に丁寧に辞儀をし、挨拶をした。名のとおり、どこか柳を思わせる、すらりとした男だ。鈴音はお茶と桃を運んできて、それらを出しながら、据継をちらちらと見る。据継は爽《さわ》やかな笑顔で、鈴音に礼を述べた。

「かたじけない。馳走になる」

その時、鈴音の頰が仄《ほの》かに色づいたことを、少納言は見逃さなかった。

「ごゆっくり、お召し上がりくださいませ」

鈴音も丁寧に一礼し、小玉を連れて下がった。

桃の甘い香りが漂う中、据継は姿勢を正し、改めて少納言に礼を述べた。

「少納言の君の優れた勘働きのおかげで、探索が進んでおります。お力添え、ありがたく存じます」

「それはよろしかったです。私も気に懸《か》かっておりましたので。……吉平様がなかなか報せてくださらなくて」

据継は決まりの悪そうな面持ちで、またも頭を下げた。

「かたじけない。吉平様は、少納言の君の見事な勘働きに、どうも引け目を感じてしまっているようです」

少納言は柳眉《りゅうび》を寄せた。

「まあ、そんなこと気になさらなくてもよろしいのに。私はてっきり、吉平様は私の好奇心の赴くままの行動に、呆《あき》れ果てたのかと思っておりました」

するど据継は失笑した。

「それも……少しはあるかもしれませんが」

「あら、据継様。なかなか仰いますのね」

少納言は据継を優しく睨《にら》みつつ、檜扇を扇いだ。

据継はみずみずしい桃を味わいながら、吉平の代わりに、探索の進み具合を教えてくれた。

少納言と吉平が賭場に行った日の翌朝から、検非違使たちは早速、行商人の孫助を調べ始めたという。訊ね歩いた結果、住処の長屋はすぐに突き止められたが、孫助はいなかった。近くに住む者に訊くと、よその地に売りに行っているのではないか、何日かすれば帰ってくるだろう、とのことだった。

長屋の中を見てみたところ、逃げた様子はないので、再び帰ってくるだろうと、検非違使たちは交互に見張ることにした。

「それで今、見張っているところです。孫助が帰ってきたら、すぐに引き立てます」

「堀河様の兄君のことが、いろいろとお分かりになるでしょうね。もしや、兄弟でしていたかもしれない、悪さのことも」

据継は少納言を見つめた。

「そこで、少納言の君のお考えをお伺いしたいのです。私をはじめ検非違使たちは、堀河の兄を殺したのは、孫助だったのではないかと見ております。吉平様も同様ですが、少納言の君は如何思われますか」

　少納言は目を少し泳がせ、答えた。

「色恋沙汰《ざた》のいざこざで、嫉妬《しっと》ゆえの殺害だったと考えていらっしゃるのですね。でも、それならば、どうしてわざわざ生首を晒《さら》して、宮中までをも騒がせたのでしょう」

「ああ、言われてみれば、確かに」

　据継は腕を組む。少納言は据継を見つめた。

「つまりは、やはり、弟である堀河諸兄様を脅かし、追い詰めたかったのではないでしょうか。首を斬り落として、犬に銜《くわ》えさせて走らせたのは、孫助のようにも思いますが……殺したのは孫助ではなく、兄は恐らく病死したのではないでしょうか。数月前から具合が悪かったという話ですし」

「堀河兄弟はつるんでいたものの、仲違《なかたが》いしてしまい、孫助は兄から弟への恨み辛《つら》みを聞かされていたのでしょうか。それで、脅かしてやらなければ気が済まない、と」

　据継の推測を聞きながら、少納言は衿元を整えつつ考えを巡らせる。

「孫助は、兄の出生を知ったのかもしれません。目の色が違うというだけで家を追い出され、公家として生きることができなかった。弟との差が、兄も悔しかったとは思うのです。一緒に悪さをしていても、すっかり打ち解けている訳ではなかったのでしょう」

「兄が孫助に頼んだのかもしれませんね。俺が死んだら首を斬り落として、弟を脅かしてくれ、と」

少納言は首を少し傾げた。

「あるいは……もしかしたら、そうするように孫助を手引きした者が、ほかにいたかもしれませんね」

据継は目を瞬かせた。

「手引きした者、ですか？　ほかにも仲間がいたと？」

「はい。行商人の孫助が一人で、あれだけのことをできたのかしらと、ふと思ったのです。首を斬り落として犬に銜えさせて、驚かせる。そのことを細かく指示した者が、ほかにいたのではないでしょうか。宮中のことをある程度は知らなければ、犬を走らせるなどということはできないと思うのですが」

据継は眉根を寄せつつ、頷く。少納言の鋭い勘働きを、訝りつつも、決して無下《むげ》にはできないようだ。

「もし本当に仲間がいたとするなら、誰なのでしょうか」

据継は訊ねながら、考え込んでしまう。少納言は微笑んだ。

「いずれにせよ、孫助を引き立てることができましたら、いろいろ分かってくると存じます。早く戻ってくればよろしいですね」

「孫助がよく売りに行っていたという地方にも、検非違使が向かいました」

「ならば大丈夫です。きっと見つかりますわ」

据継は頷いた。

据継の帰り際、少納言が頼んだ。

「探索の進み具合を、また報せてくださいませね。相談を持ちかけられました身としては、やはり、気になりますので」

「かしこまりました。吉平様が仕事などで忙しい時は、私が伝えに参ります」

「お二方ともご多用の折には、文《ふみ》でも構いません」

「はい。お約束いたします」

据継は一礼して帰っていった。彼を見送った後で、鈴音が台盤を片付けにきた。

「据継様は見栄えがよろしくていらっしゃいますね」

澄ました顔で言う鈴音を眺め、少納言は、ふふ、と笑った。

「あら、鈴音はああいう殿方を好むのかしら」

すると鈴音は頬を仄かに染めつつ、淡々と答えた。

「いえ。同じ公家でいらっしゃっても、吉平様とはまた趣が違いますので。興味を引かれたのです」

「確かに吉平様とは違うわね。公家にもいろいろな者がいるってことよ」

「はい。平民にもいろいろな人がおります」

笑顔を見せつつ、鈴音が咳をした。少納言は鈴音の額に手を当て、熱がないかを見た。

「風邪の引き始めかもしれないから、用心しなさい。ちょっと待っていて。お薬を作ってくるわ」

少納言は鈴音を部屋に残し、台所へと向かった。乾燥した大蒜《にんにく》を煎《せん》じてすぐに戻り、鈴音に湯呑みを渡す。独特の臭気のある薬を、鈴音はゆっくりと飲んだ。

大蒜が風邪に効き目を現すことは、日ノ本の国の最古の医学書である『医心方』（永観二年〈九八四〉に朝廷に献上）にも記されている。

飲み干すと、鈴音は少納言に礼を言った。

「ありがとうございます。喉だけでなく、胸もすっきりいたしました」

「それはよかった。近頃、暑い時もあれば、妙に肌寒い時もあるから、気をつけなさい。今日は少し冷えるから、一緒に寝ましょうか」

「よろしいのですか」

目をくりくりとさせる鈴音を、少納言は抱き寄せた。

「当たり前じゃない。鈴音はもはや、私の娘のようなものだもの」

「……嬉しいです」

鈴音は少納言の胸にもたれ、目を瞑《つむ》る。

その夜、少納言は、褥《しとね》を敷き、衾《ふすま》をかけて、鈴音と一緒に眠った。

少納言は自分でも分かっている。自分の子供とよい関係を築けなかった虚《むな》しさを、鈴音を可愛がることで埋めているのだと。

――人生って、なかなか完璧にはいかないものだわ。

歳を重ねるごとに、そのような思いが募っていく。それでも今のところ悲しみを感じないのは、鈴音が傍にいてくれるからだろう。安らかな寝息を立てる鈴音を、少納言はそっと抱き締めた。

七

それから数日経つと、急に暑さが増してきた。もう水無月《みなづき》。夜になっても蒸し暑く、蔀《しとみ》を開き御簾《みす》を上げて少納言と鈴音が涼んでいると、吉平が訪ねてきた。

少納言は邸に上げるも、嫌味を放った。

「吉平様、ご無沙汰でしたわね。それほど私が疎《うと》ましいのかしら」

吉平は、ふくよかな頬を掻いた。

「いや、そういう訳ではない。仕事が忙しかったのだよ」

「ふふ……。どのようなお仕事やら」

檜扇で口元を隠しながら、少納言が笑う。陰陽師としての仕事など貴方《あなた》にある訳がない、と言われたような気がしたのだろうか、吉平はあからさまにムッとした顔をした。

「前々から思っていたのだが、やはり貴女は憎まれ口が多い」

「あら、私は他意などないのに、吉平様が捻《ひね》って受け止めるだけではなくて？　まったく素直ではないのだから」

「どうしてそれほど口が減らないのだ」

唇を尖らせる吉平を眺め、少納言は薄笑みを浮かべる。吉平が仏頂面になると、少納言はさらにからかってみたくなるのだ。

そこへ鈴音が酒と料理を運んできた。料理は、色利《いろり》をかけたご飯だ。色利とは、干し鰹《かつお》を煮詰めて取っただし汁のことである。少納言は、この色利をかけたご飯を非常に好んでいる。

吉平は椀を眺めて頬を緩めつつ、ぽつりと言った。

「これも旨《うま》そうだが……今宵は、餅餤は出してくれないのだろうか」

上目遣《うわめづか》いで自分を見る吉平に、少納言はぴしゃりと返した。

「あいにく今日は材料を切らしておりますの。うちは市場ではないから、常に備えがある訳ではないのよ」

吉平は河豚《ふぐ》のように頬を膨らませ、肩を竦める。少納言は、色利をかけたご飯に箸《はし》をつけつつ、急かして訊ねた。

「ねえ、それで孫助は捕らえることができたの？」

「うむ。無事に捕らえ、検非違使たちが話を聞いた」

吉平は、探索の過程を少納言に話した。

検非違使たちが見張りを続けていたところ、ほどなくして孫助が住処《すみか》に戻ってきたので、引き立てた。

観念していたのだろう、孫助は素直な態度で、自白した。

その自白によると、病死した稚児丸の首を斬って犬に銜えさせて走らせたのは、やはり孫助であった。だが、少納言が察したように、そのようにすることを、ある者からそそのかされたのだという。

「ある者とはいったい誰だと据継が訊くと、孫助はこう答えたという。賭場でちらほら姿を見たことがある、僧侶らしき男でした、と」

少納言は柳眉を寄せ、吉平の言葉を繰り返した。

「僧侶らしき男？」

「うむ。背が高く、痩せていたらしい。その男がある日、孫助の住処を訪れて告げたという。稚児丸が死んだ、と」

少納言は黙って吉平の話を聞く。吉平は続けた。

「稚児丸は大抵、孫助のもとに身を寄せていたが、気儘《きまま》にほかで寝泊まりすることもあったようだ。その頃、稚児丸は数日前から孫助のもとに寄りつかず、孫助は心配していたという。そして最悪の事態になってしまい、孫助は思わず号泣したそうだ」

孫助のもとを訪れた僧侶らしき男は、こう言ったという。

——病が悪化したのだ。仕方がない。

僧侶らしき男は孫助を慰《なぐさ》め、稚児丸のもとへと連れて行った。

稚児丸は、右京の外れの、桂川に近い荒れ寺で寝かされていた。その死に顔には苦《く》悶《もん》の痕《あと》が見られ、血を吐いていたようにも思えた。あまりに痛々しい恋人の姿に、孫助はまたも声を上げて泣いた。すると僧侶らしき男は、孫助の肩を抱き締め、言い聞かせるように話し始めた。

——薄情な弟のせいで、稚児丸はこのような最期《さいご》になったのだ。

その男は、稚児丸がいた清水寺に関わる者だと名乗り、予《かね》てから稚児丸のことをよく知っており、話をいろいろと聞いていたと言った。

その時に初めて、孫助は稚児丸の出生の秘密を知った。驚きつつも、あの目の色の謎が解け、納得した。男は言った。

——稚児丸は、弟にそそのかされて、公家の女に言い寄って、悪さを働いていたんだ。公家の女を脅かしていたのだよ。稚児丸は弟に言い包《くる》められて加担していたが、ふと気づいたんだ。もし女が検非違使に訴え出れば、公家の弟はどうにか言い逃れができても、自分は必ず捕まるだろうと。弟が悪事に必ず自分を誘い込んでいたのは、いざとなった時に、平民である自分に罪をなすりつけることができるようにだったのだと。……弟に裏切られていたと気づいた稚児丸は、予てからの病が悪化してしまったんだ。それで、このようなことに。

その話を聞き、孫助は込み上げる怒りで、握った拳を震わせた。

――許せない。

低い声で呟く孫助に、男は復讐を持ちかけた。

――公家の弟を脅かし、震え上がらせ、次はお前の番だと、追い詰めてやらないか。

そして僧侶らしき男は、孫助に企《たくら》みを囁いた。

「その企みというのが、青い目の生首騒ぎを起こすことだったのだ」

吉平から話を聞き終えると、少納言は目を光らせた。

「やはり私が察したとおり、別の者が孫助をそそのかしたのね。それで、その僧侶らしき男は見つけたの？」

吉平は首を横に振った。

「いや、まだだ。据継たちが直ちに清水寺へと飛び、それらしき男を探ったが、見当たらなかったという。恐らくは……清水寺に関わるというのは、嘘だったのだろう。男の行方は分からない。検非違使たちは追っているが、見つけるのは難しいだろうな。

手懸かりが、背が高い細身の僧侶というだけでは。賭場にも、近頃は姿を見せてなかったようだ」

「その男が、孫助に首を斬り落とさせて騒ぎを起こしたのだから、その男だって罪になるわよね。それと……思ったのだけれど、稚児丸は本当に病死だったのかしら」

吉平は眉根を寄せた。

「僧侶らしき男に殺されたというのか」

「そのような気がするわ。死に顔に苦悶の痕がはっきりと残っていて、血を吐いたようでもあったのなら、毒を飲まされたこともあり得るのではないかしら」

「病死に見せかけて殺し、その骸《むくろ》を使って、弟の堀河諸兄を追い詰めようとしたというのか。どうして、その僧侶がそこまでする必要があったのだろう」

吉平の問いかけに、少納言は沈黙する。吉平が言った。

「そこまでは、さすがの貴女でも分からぬか」

少納言は紅い唇に、笑みを浮かべた。

「さて、どうかしら。吉平様は如何思われるの？」

吉平は腕を組み、目を泳がせる。暫しの沈黙の後、答えた。

「もしや、僧侶らしき男は、弟の堀河諸兄を強請《ゆす》ろうとしていたのではないか。お前もこのような目に遭いたくなければ、金目のものを渡せ、と」

「なるほど、そのようにお考えになるのね。私はちょっと違うけれど」

吉平は苦虫《にがむし》を嚙《か》み潰《つぶ》したような顔になる。

「ならば最初から言えばいいではないか」

吉平の抗議を笑顔でかわして、少納言は推測を披露した。

「その僧侶らしき男は、兄弟が悪さをして脅かしていた公家の女性に、何か関わりがある者だったのではないかしら。女性を守るためにしたこと、あるいは女性に頼まれたのかもしれないわ。兄の生首を使って生霊騒ぎを起こして弟に打撃を与え、いい加減にしないと次はお前の首が危ないぞと、暗に脅かしたのよ」

吉平は首を傾げつつ、少納言の話に耳を傾ける。

「脅かされていたから、脅し返したという訳か。もしそれが真実とすれば、その女性とは、いったい誰だったのだろう。そのような仕返しまでするとは、いったい何が理由で、兄弟に脅かされていたのだろうな」

少納言は苦笑した。

「いくら私でも、そこまでは、さすがにまだ分からないわ。でも……確かに、不思議よね。そこまでするとは、相当な恨みを感じるわ」

少納言は酒を一口啜り、続けた。

「宮中に出入りをしていた僧侶を探してみるとよいかもしれないわね。時間はかかるでしょうけど」

「うむ。据継に伝えておこう」

「一応、騒ぎを起こした者は捕らえることはできたから、よかったじゃない」

「別当（検非違使の長官）や佐《すけ》（次官）は、孫助が自白したので、下手人は孫助ということで、探索を打ち切りたいようだ。別当たちは、僧侶云々《うんぬん》というのは、孫助の嘘だろうと見ているらしい。己の罪を少しでも軽くするためのな。陰陽寮の者たちもその説に賛同している」

少納言は目を見開いた。

「まあ、そのようでは真実など到底突き止められないわね。ところで吉平様は、どう思っているの。僧侶らしき男というのは、孫助の嘘だと？　それとも本当にいたと？」

吉平は腕を組んだ。

「正直、半々と思っている。嘘のようでもあるし、真実のようでもあるなと。だが一応、宮中に出入りしていた僧侶については、据継に調べてもらおう」

「そうしてほしいわ。私は、孫助の話は真実だと思うのよ」

「どうしてそう思うのだ」

少納言は目を瞬かせ、右手の人差し指を、そっと顎に当てた。

「作り話ならば、首を斬ったのは自分だとは言わないのではないかしら。首を斬ったのは、その僧侶らしき男で、自分は首を犬に銜えさせて走らせただけだと言うわよ、きっと。罪の重さが違ってくると思うもの」

吉平は膨れっ面で腕を組んだ。

「まあ、言われてみればな」

「ところで、孫助は遠島《えんとう》になるのかしら」

「そのようだ」

死刑を廃していたこの時代、島流しが一番重い刑である。

吉平によると、稚児丸の首から下の骸は、帷子《かたびら》に丁寧に包まれ大きな袋に入れられて、孫助の家の床下に埋められていたそうだ。ちゃんと埋葬しなくてはと思いつつ、別れが惜しくて自分のもとに置いておいたと、孫助は語ったという。

堀河諸兄は未だに戻ってきていない。兄の生首がよほど恐ろしかったのだろう、真にどこかへ逃げ去ってしまったようだった。

八

暦《こよみ》の上では秋が近いというのに、厳しい暑さが続いていた。京の暑さに辟易《へきえき》しつつも、少納言たちは女三人で元気に過ごしている。

陽射《ひざ》しが穏やかになり、少し涼しくなってきた時分、少納言は夕餉《ゆうげ》の支度《したく》を鈴音と一緒にしながら、口にした。

「検非違使たちはそこまでやる気がないようだから、そそのかした僧侶らしき男というのを、私が見つけてみようかしら」

鈴音は目を見開き、感心したような、呆れたような声を出した。

「少納言様の好奇心、素敵なことですが、もう少し抑えたほうがよろしいのではありませんか。吉平様も据継様も、ますます、たじたじになってしまいますわ」

台所の片隅で、小玉も同調するような啼き声を上げる。

「やはり……それは、やり過ぎかもしれないわね」

鈴音に窘《たしな》められ、少納言は首を竦めた。

今日の夕餉は、白いご飯に、鮎の汁物、茄子《なす》の粕漬《かすづけ》、煮豆だ。汁物には、擂《す》り潰《つぶ》した鮎と小麦粉を混ぜ合わせて丸めたものが浮かんでいる。小玉も嬉々として食べた。

「鈴音が作った煮豆、軟らかくて、よいお味だわ。腕を上げたわね」

「少納言様にはまだまだ及びませんが」

箸を動かしながら、微笑み合う。この時代の味付けは、塩、酢、酒、醬《ひしお》、末醬《みそ》、胡椒などで、少納言たちは工夫して料理を楽しんでいる。醬とは、大豆と麦から作った麴《こうじ》と、塩、酒、米、糯米《もちごめ》などを併《あわ》せて醸《かも》したものだ。

漬物も、塩漬、醬漬、末醬漬、粕漬、酢漬、酢粕漬、甘漬のほか、吉平に出した荏《え》裹《づつみ》などもよく作っていた。

御簾は下ろしているが、半蔀《はじとみ》にしているので、夜風が心地よい。

食べ終えた頃に、吉平が現れた。先日ぴしゃりと言ったので、ちゃんと報せにきてくれたのだろう。鈴音が、あまりの汁物と酒を運んだ。

吉平は、丸めた鮎に箸を伸ばし、ゆっくりと嚙み締める。少納言が訊ねた。

「謎の僧侶らしき男について、何か分かったの？」

吉平は首を横に振った。

「いや、まだだ。今日は、ほかのことを話しにきた。弟が、貴女の耳にも入れておいたほうがよいのではないかと言うのでね」

「あら、どういったことかしら」

少納言は背筋を伸ばす。吉平は食べる手を止め、少納言を見つめた。

「紫式部の君のもとに、脅かしの文が届いたんだ。矢に括《くく》りつけられ、一条院の庭に投げ込まれていたそうだ。それには、このようなことが書かれていた。《源氏物語は呪われている。公表した後で生首が現れ、人が死に、人が消えた。書くのを即刻やめろ》と。式部の君はさすがに衝撃を受け、一条院も騒ぎになったそうだ」

吉平の話に、少納言は眉を顰《ひそ》めた。酒を一口呑み、訊ねる。

「脅かしの文を投げ入れたのは、もしや定子様の一派の残党なのではないかとの見方も、あるのではないかしら」

吉平は苦々しい面持ちで黙り込む。少納言は少し掠《かす》れた声を出した。

「定子様の不遇が始まったのは、関白であった父君の道隆様と、叔父君の道兼様が亡《な》くなってからだったわ」

道兼の弟である道長と、定子の兄・伊周《これちか》が権力を争い始めたのだ。伊周の父の道隆は道長の兄だったので、つまりは叔父と甥の間での争いである。

ちなみに道長は、藤原兼家の五男で、長男の道隆とは十三歳ほどの差があり、決して初めから権力の頂点を約束されていた訳ではなかった。兄たちが早く出世するのは当然で、帝が即位した時は、兄たちは権大納言や権中納言であったが、道長はまだ公卿の仲間入りもしていなかった。

兄たちに大きく差をつけられていた道長だが、長徳元年（九九五）に起きた公卿たちの続けざまの死亡によって、風向きが変わってきた。長男の道隆が持病で亡くなると、道兼をはじめとするほかの公卿たちも疫病で次々亡くなり、公卿の上位八人中、六人までもが没してしまったのだ。

吉平が眉を顰めた。

「疫病で亡くなったとされている五人が、本当に病だったのか、道長様と詮子様に謀られたのかは、分からぬがな。とにかく、その時に生き残ったのが伊周様と道長様で、この二人の間で権力争いが勃発したという訳だ」

「そこで策略を巡らせたのが、詮子様だったわ。詮子様は猛女と呼ばれ、弟君の道長様を可愛がって、道長様とともに甥の伊周様を圧迫したのよ」

詮子は息子である帝にも、道長を推し続けた。詮子と道長の陰謀が、定子や伊周を追い詰めていったのだ。

そして長徳二年（九九六）に伊周は、いわゆる長徳の変を起こしてしまう。女を巡って、弟の隆家とともに花山《かざん》法皇を弓矢で狙ったという事件で、兄の愚行に定子は発作的に自ら髪を切り、落飾《らくしょく》してしまった。ここから定子は没落していく。

相次ぐ不幸の中、定子は第一皇女を産み、帝は再び定子を宮中に迎えた。だが出家後の再びの入内は、誰の目にも奇異に映り、定子も肩身の狭い思いだった。

周りの目を窺いながらも帝は定子のもとへ通い、長保元年（九九九）に定子は第一皇子である敦康親王を産んだ。その中、道長は、なんと定子が皇子を出産する六日前に、彰子を入内《じゅだい》させたのだ。

その翌年に帝の女御であった彰子が中宮を号すると、先の中宮であった定子は皇后宮を号され、史上初めての一帝二后となった。

それから定子はみるみる弱り、その年の暮れに第二皇女を出産した直後に亡くなった。

彰子が齢《よわい》十二で入内した時、帝は齢二十だったので、彰子は幼過ぎて、帝はどう扱ってよいか分からぬようだった。帝は彰子を女性として見ておらず、三つ年上の定子を変わらずに愛していたのだが、定子の心はやはり深く傷ついていたのだろう。

少納言は溜息をついた。

「私はそれから間もなく宮仕えを辞めたわ。だから、その後で宮仕えを始めた紫式部の君とは時期が重なっていなくて、大した面識はないのよ。でも式部の君の噂は嫌でも耳に入ってきていたし、式部の君が私を批判していることも知っている。学識をひけらかす、謙虚さのかけらもない、嫌味な女だ、と。そのような女を揶揄《やゆ》することを、源氏物語で書いているということもね」

少納言は笑って聞き流していたし、そんなことで紫式部を脅迫する訳などないが、式部が自分を少しは疑うであろうことは察せられた。

——まあ、式部の君が私を悪く言うのも、私が枕草子で、式部の君の亡夫である藤原宣孝様への皮肉を書いてしまったからなのでしょう。つい、言いたくなってしまったのよね。だって……あまりにも装束の色使いがちぐはぐだったのですもの。

少納言は、偶さか目にした藤原宣孝の独特な装束の感覚を、枕草子の中で、からかったのだ。質素な出で立ちで参拝しなければならない神社に、宣孝があまりに煌《きら》びやかな姿で現れたものだから。それも、失笑ものの、奇妙な色使いで。場所を弁《わきま》えない宣孝の態度に、少納言は呆れたのだった。それは枕草子の百十五段《あはれなるもの》に詳しい。

——ちょっとした皮肉で書いたことでも、相手に後々まで恨まれることもあるのね。気をつけなければ。

少納言は己《おのれ》の行いを顧みて、苦笑するばかりだ。しかし少納言は、紫式部にちくちく嫌味を書かれようが、やり返すつもりなどは毛頭ない。物を書く者は、人様から何を言われようが、堂々としているべきだとの信念があるからだ。

——それにしても、源氏物語は呪われている、とまで言うのは、どうも引っかかるわね。恨みを感じるわ。誰が書き送ったのかしら。……まさか、光源氏に嫉妬した、見栄えの悪い男の犯行、ってことはないだろうし。

道長一派が定子や伊周にしたことを思えば、定子一派の残党の恨みはまだ残っているには違いない。少納言だって未だに許せはせぬが、どこか達観しているところもあった。あの時の権力争い、それに伴う様々な出来事も、仕方がないことだったのではないかという、諦めにも似た思いだ。

道長を憎く思いつつも、道長を敵に回すほど、少納言は愚かではない。それがゆえに、少納言が紫式部に何かを仕掛けるというのは、あり得ぬことだった。

また少納言は、消えた堀河諸兄がまだ見つかっていないことも、気に懸かっていた。

——人が死に、人が消えたのは、本当に源氏物語にあやかっているのかしら。それとも、宮中で人気のある源氏物語を貶《おとし》めたい者の、戯言《ざれごと》なのかしら。

そのようなことを考えつつ、少納言は吉平と酒を酌み交わす。半蔀から吹き込む夜風が、御簾を揺らしていた。

吉平が帰る前、少納言は急いで餅餤を作り、それを包んで渡した。

「報せにきてくれたお礼よ」

吉平はたちまち、いかつい顔をほころばせ、目尻を下げた。その様子を窺いながら、少納言は頼んだ。

「これから、源氏物語が発表される度に届けてほしいの」

「承知した」

吉平は約束し、包みを抱えて、機嫌よく帰っていった。

夜、部屋で一人になると、少納言は高燈台の灯火《ともしび》を眺めながら、物思いに耽《ふけ》った。紫式部のことが、そして宮中で話題になっているという源氏物語が、やけに気に懸かるのだ。

少納言は随筆を書くのは得意だが、物語を作ることは苦手だ。それを易々とやってのける紫式部に複雑な思いがあるからなのだろう。少納言はそのことに自分でも薄々気づいているのだが、認めたくない気持ちもあった。

——私も物語を書きたいけれど……どうもその才能はないみたいなのよね。短いものしか書けないし。

少納言は深い溜息をつく。風潮として、物語はあまり上品なものとは見做《みな》されないが、紫式部は和歌の才能も発揮し、作中に巧みに盛り込んでいるという。そのような作品を、少納言も書いてみたい気持ちはあった。

幼い頃から空想癖があったものの、それを言葉に直して、物語の形に組み立てることが、少納言は不得手なのだ。実は今まで書き溜めた物語が、唐櫃《からびつ》の中にいくつか眠っている。だが、誰に見せても反応がなく、随筆に絞ったほうがよいという人までいて、物語のほうはこのまま世に出ることはないように思えた。

――紫式部の君か。以前、どこかで擦れ違ったことはあるような気がするけれど、よく覚えていない。話したことは、もちろんない。いったい、どのような女性なのかしら。……そして、話題となっている源氏物語とは、どのような話なのかしら。

それを知るのが怖いように思いながらも、知りたい気持ちが膨れ上がっていく。少納言は胸をざわめかせながら、赤々とした灯火を眺めていた。

第二章　女房が遺した真似歌――《紅葉賀《もみじのが》》の後の事件――

一

秋になり、少納言は夕暮れに一息ついていた。庭に面した廊《ろう》（廊下）に座り、柿を味わいながら、陽《ひ》が落ちていく景色を眺める。照柿色《てりがきいろ》の空に、薄墨を散らすように闇が広がっていくのは、なんとも風情があった。

柿はまだそれほど甘くはないが、嚙《か》み締める度《たび》に、口の中にみずみずしさが広がる。その爽《さわ》やかな味わいを、少納言は好んでいた。

微《かす》かな虫の音が聞こえてきて、少納言は耳を澄《す》ます。ハタオリ（キリギリス）のそれは、松虫や鈴虫のような滑《なめ》らかさはないが、どことなく不器用な音色がまた愛《いと》おしい。

少納言の傍《かたわ》らで、鈴音がお茶を啜《すす》っていた。

「まことによい季節ですね。鈴音は秋が最も好きでございます」

「あら、春ではなくて秋なのね」

「はい。もちろん春も好きですが、草花も人々も浮き足立っているようなところがございます。秋は、落ち着いておりますもの」

澄ました顔で話す鈴音を、少納言は目を細めて眺《なが》める。少納言は正直なところ、捨て子だった鈴音を、自分の実の息子よりも利発だと思っていた。

少納言は鈴音との出会いを思い出す。あれは三年前のことだ。都（平安京）の東市へ買い物に出かけた少納言は、粗末な身なりの小さい娘に声をかけられた。娘は大豆の煮汁を売りつけてきたのだ。

――髪が傷《いた》んでいらっしゃるようなので、これを塗るといいですよ。

気にしていることを言われて、少納言が気分を害して通り過ぎようとすると、娘は煮汁が入った瓶《びん》を持ってしつこく追いかけてきた。

――一度、試しに使ってみませんか。

少納言は立ち止まり、きつい口調で返した。

――大豆の煮汁を髪に塗るなんて、聞いたことないわ。よけい髪が絡まったりしたら、どうしてくれるのよ。

髪につけるならば椿油《つばき》と決まっているし、髪を洗ったり拭《ふ》いたりするのに使うのは、米の磨《と》ぎ汁や灰汁《あく》だ。ちなみに灰汁とは、灰を溶かした水の上澄みのことである。

すると娘はにっこりと微笑《ほほえ》み、少納言の目の前で、煮汁を自分の振り分け髪につけて、揉《も》み込んだ。その様子を眺めながら、少納言はふと気づいた。娘はみすぼらしい姿だが、髪だけはやけに健《すこ》やかで色艶《いろつや》がよく量も多いと。

娘は煮汁を塗った髪を、少納言に近づけた。

――よろしければ触ってみてください。本当に、さらさらになるのです。

少納言は訝《いぶか》しく思いながらも、娘の髪に触れてみた。すると、驚くべきしなやかさで、目を瞠《みは》った。しかし、やはり得体が知れないもののような気がして立ち去ろうとするも、娘は食い下がってきた。

――不安なようでしたら、少しだけでも塗ってみてください。

、少納言は溜息をつき、娘を見た。貧しいがゆえに、幼くとも、稼ぐことに必死なのだ。すると気の毒にも思えるが、紛い物に代金を払うほど少納言は甘くはない。だが、本当に髪に効くのならば話は別だ。

予《かね》てから髪に悩みがあった少納言は、半信半疑で、娘に誘われるがまま少しだけ塗ってみた。すると……塗った直後からしっとりとしてきて、手櫛《てぐし》も通りやすくなった。痒《かゆ》みなどはまったくないので、更に塗ってみると、長年の悩みだった髪の強《ごわ》つきが落ち着き始めた。

目を瞬《しばたた》かせる少納言に、娘は微笑んだ。

――結構、効きますでしょう？　これを使って髪を洗えば、もっと効き目がありますよ。

少納言は大きく頷《うなず》き、訊ねた。

――凄いわ。大豆の煮汁にこんな優れた力があるなんて、誰から教わったの？

娘は黙り込んだ。少納言は何か訳があるのだろうと思いつつも、再び訊ねた。

――どこで知ったの？

娘は暫《しばら》くうつむいていたが、急にお腹を鳴らせた。頬《ほお》を赤らめる娘に、少納言は市で買った菓子を渡した。すると娘は凄い勢いで貪《むさぼ》り始めた。少納言は呆気《あっけ》に取られて眺め、娘が食べ終えると、再び訊ねた。

――大豆の煮汁を売ろうと思いついたのは、どういう訳か、聞かせてくれるわね。

娘は口の周りを手で拭《ぬぐ》うと、小さく頷き、話し始めた。

――親に捨てられる前、貧しさのあまり、あることを思いつきました。それが、髪のお手入れに関することだったのです。

公家の女性の髪にかける情熱が凄まじいことを知っていた娘は、髪に最も効くものを編み出して、それを公家たちに売ろうと思い立った。そうすれば、困窮《こんきゅう》する家族を救えるだろうと考えたのだ。

近所の者たちも困窮していて、亡くなる人が多く、道端にも行き倒れた骸《むくろ》が転がっていた。放っておくと異臭が漂い始めるので、大人たちが近くの荒れ寺へ放り込んでいた。

——ある時、荒れ寺の入口の近くで、若い女の人が息絶えていたのです。

女の肌は透きとおるように白くなっていたが、髪は黒く豊かで、まだそこには命が宿っているように見えた。

娘は女の髪に触れた。乾いていて、埃《ほこり》もついて、薄汚れている。

娘は満身の力で、骸を寺の納屋へと引き摺《ず》っていき、髪を整え始めた。女には、実験を重ねるのに充分な毛量があった。予《かね》てからの腹案を実行に移す時が来たのだ。女には申し訳なかったが、背に腹は代えられなかった。

近くに鶏を飼っている家があったので、そこから卵を盗んできて、まずは黄身を骸の髪に塗って様子を見てみた。次には、卵の白身を。その次は、黄身と白身を併せたものを。ほかには牛の乳、潰《つぶ》した胡桃《くるみ》、魚の血なども試した。椿油はとても手に入らなかったから、椿の葉で髪を拭《ふ》いたりもした。

――その結果、最も効き目があったのが、大豆の煮汁でした。

骸の髪に塗りつけてみたところ、手触りや艶が変わっていくのが分かった。大豆の煮汁には強い力があるのではないかと、娘は予てから思っていたという。困窮を極め、娘は大豆の煮汁しか飲ませてもらえない日が続いた。餓死するのではないかと思ったが、どうしてかお腹は空《す》いているのに体調はそれほど悪くはなく、肌も日に日に白く美しくなっていく。そして娘は、大豆の煮汁を飲んでいれば、どうにか生きていられるだろうと悟ったという。つまりは、大豆の煮汁は、万能なのだと。

骸で試してみて確信し、大豆の煮汁を沢山作って売りにいこうと思っていた矢先に、親に捨てられてしまった。それで今は、自分が生きていくために、必死で売り歩いているのだ。

言いにくそうに話した後、娘は身を縮こまらせて、深々と頭を下げた。

――私は、骸で試して儲《もう》けようなどと考えた、愚かな娘です。それゆえ、私が作ったものなど、貴女様の御髪《おぐし》には相応《ふさわ》しいとは言えません。無理にお買い上げくださらなくて構いません。馴《な》れ馴れしくお声をかけてしまい、申し訳ありませんでした。

だが少納言は首を横に振った。

――そんなに思い詰めなくてもいいわよ。私、話を聞きながら、貴女の利発さに驚いていたのですもの。そのようなこと、大人でもなかなか考えつかないわ。

それは本当だった。娘は齢《よわい》の割に、話し方もしっかりしている。少納言は真《まこと》に感心し、この娘をすっかり気に入ってしまったのだ。そしてこの娘こそが、鈴音だった。

その日、少納言は鈴音を家に連れて帰り、ご飯を鱈腹《たらふく》食べさせ、泊めてあげた。翌日になると、鈴音はそのお礼にと、家中を隈《くま》なく掃除し、大豆の煮汁も作った。作り立ての煮汁は、少納言の髪に更《さら》に効き目をもたらした。

少納言は思った。鈴音は天性の賢さを持っている。生きようとする強さも。育て甲斐《がい》があるかもしれない、と。

鈴音は、少納言のそのような気持ちを搔《か》き立てた。少納言は暫《しばら》く鈴音を手元に置いて、様子を見ることにした。

既《すで》に猫の小玉は近くで拾ってきていたが、小玉は庭の手入れや牛飼童《うしかいのわらわ》ができる訳でもなく、少納言は暮らしの不便さを感じていた。それでも少納言は、侍女などを雇う気はなかった。気が合わぬ者に傍《そば》にいられると、苛立《いらだ》ちを覚えることがあるからだ。

それならば少納言は、不便でも気儘《きまま》な暮らしを味わっていたかった。

ところが鈴音は、鋭い少納言の癇《かん》に、まったく障《さわ》らなかったのだ。それどころか、鈴音を眺めていると心が和む。鈴音は小さく愛らしく、野辺に咲く可憐な一輪の花のようだ。邸《やしき》の中のことをやらせてみれば、料理も掃除も洗濯も卒《そつ》なくこなす。

前は殺伐《さつばつ》とした暮らしをしていたようだが、順応する力を持っているらしく、少納言と暮らすうちに陰りはすっかり消え、穏やかな面持ちになった。

賢い鈴音には、少納言は感謝するばかりだ。教え甲斐もあるし、暮らしの知恵など教えられることも多い。

なにより、鈴音とは気が合う。それほど言葉を交わさなくても、寄り添っているだけで分かり合えるのだ。

少納言が察したとおり、鈴音は呑《の》み込みがよく、庭の手入れも牛曳《ひ》きも、すぐに上手になった。一年もすれば、公家の娘と同様の話し方や作法も身についた。少納言は読み書きも教え込んだので、鈴音は平仮名はすっかり習得している。

今では鈴音は、少納言の生活において、なくてはならぬ娘だ。ハタオリの音に耳を傾けている鈴音の肩に、少納言はそっと手を触れた。

小玉も一緒に、女三人で秋月を眺めていると、なにか気配を感じた。門の近くに生えている藤袴《ふじばかま》が、揺れたのだ。

目をやると、垣根の向こうに、安倍吉平が佇《たたず》んでいた。

二

少納言は、吉平を部屋に通した。高燈台の柔らかな灯《あか》りの中、吉平の苦々しい顔を見て、少納言は察した。

——また何か事件が起きたのではないかしら。

夏の事件以来、吉平は約束どおり、源氏物語が発表されるごとに、その写本を届けてくれていた。

それゆえたまに顔を合わせているのだが、今宵の吉平の面持ちには、只事《ただごと》ではない何かを感じた。

鈴音が台盤を運んできた。今宵の酒の友は、焼き松茸《まったけ》だ。その香りに、吉平の面持ちが少しほころぶ。自分の好みで松茸の味付けができるよう、台盤には、塩と醬《ひしお》の小皿も載っていた。

「吉平様、どうぞごゆっくり」

鈴音は丁寧に辞儀をし、速やかに下がる。その小さな後ろ姿を眺めながら、吉平がぽつりと口にした。

「うつくしきもの。瓜《うり》にかきたる児《ちご》の顔、か。鈴音のことのようだ」

枕草子の一節を諳《そら》んじる吉平に、少納言は目を丸くした。

「まあ、吉平様、読んでくださったの？」

「うむ。宮中でも枕草子を褒《ほ》める者は多いからな。それで読んでみたのだが、実に貴女《あなた》らしい鋭い眼差《まなざ》しで書かれてあって、面白かった」

少納言は笑みを浮かべた。

「褒めてくださって嬉しいわ。その一節を書いた時は、鈴音に会う前だったけれど、まさにそうね。でも、もう児という感じではないわ。しっかりしているもの」

静かな秋の夜、松茸を味わい、酒を呑む。吉平はおもむろに切り出した。

「またも源氏物語に呼応するかのように、怪奇が起きたのだ」

少納言は思わず身を乗り出した。吉平はそれで再び弟の吉昌にせっつかれ、少納言の知恵を借りにきたようだ。夏に起きた生首事件で、少納言の勘働きが偶然か否《いな》か、よく当たっていたからだろう。

源氏物語第七帖の《紅葉賀《もみじのが》》が発表され、宮中で話題になっているという。脅かしの文にも怯《ひる》むことなく、紫式部は道長を後ろ盾として、源氏物語を書き続けているようだ。

少納言は、心の中で思った。

――式部の君は、儚《はかな》げで、おとなしく見えるそうだけれど、やはりなかなか強《したた》かね。

吉平は《紅葉賀》を少納言の前に置き、あらすじを話した。少納言はそれを手に取り眺めながら、吉平の話に耳を傾けた。

《紅葉賀》には、光源氏の齢《よわい》十八の秋から十九の秋までの出来事が描かれる。朱雀院《すざく》の齢五十の祝典である紅葉賀、光源氏の継母である藤壺の出産と立后《りっこう》、父の桐壺帝に仕える年配の女房をからかうような恋のさや当てを頭中将《とうのちゅうじょう》と繰り広げるなど、読みどころが多い。

藤壺が産んだのは実は光源氏との不義の子で、後に帝《みかど》となるのだが、その不義の子をそうとは知らずに桐壺帝は嬉々として抱く。

継母と継子との、禁断の房事の果ての、不義の子の誕生。その展開が女房たちに受け、源氏物語はますます人気を博しているという。

「そのような折に、冷泉院《れいぜいいん》で紅葉賀が行われたのだ」

紅葉賀とは、紅葉の頃に催す祝宴である。

冷泉院は、今は冷泉上皇の後院となっている。冷泉上皇は、六十三代の天皇を務め、六十五代の花山天皇、次の天皇と見なされている東宮・居貞親王《おきさだしんのう》（後の六十七代三条天皇）の父である。ちなみに今の帝は六十六代だ。

皇太子である居貞も、妃の娍子《せいし》とともに、紅葉賀に顔を見せた。

源氏物語に描かれた式典と同様、青海波《せいがいは》などが舞われ、派手好みの冷泉上皇に相応《ふさわ》しい、華やかな催しだったという。

その夜、公卿たちは各々宴会を催した。彰子も道長らを交え、飛香舎《ひぎょうしゃ》で豪勢な酒宴を楽しんだ。ちなみに飛香舎とは後宮の七殿五舎の一つであり、彰子に充《あ》てられている。藤壺の別名もある、藤や菊などの花々に囲まれた、麗しい舎だ。

源氏物語においても、光源氏に熱愛される継母は藤壺と呼ばれているように、清涼殿に隣り合っているために、中宮や有力な女御の局《つぼね》になっていた。

吉平は続けた。

「その飛香舎での宴の際、紫式部の君ら女房たちは御簾《みす》の陰から参加していた。和《なご》やかに進んでいたが、豪勢な食事が終わって少し経《た》った頃、御簾の中にいた女房の一人が突然苦しみ始めたんだ」

その女房とは、藤原道長の三女の寛子《かんし》の乳母《めのと》である、命婦《みょうぶ》の君だった。ちなみに寛子は八つである。

命婦の君は畳の上を這《は》い回り、額に汗を滲《にじ》ませ、のたうった。発疹《ほっしん》まで起こしていた。皆、驚き、医者を呼びにいくも、四半刻も経たずに命婦の君は絶命した。

騒ぎになり、据継《すえつぐ》ら検非違使《けびいし》たちがやってきた。食べ物や飲み物に毒が入っていたのではないかと、まずは大膳職《だいぜんしき》、大炊寮《おおいりょう》の者たちが疑われた。また、典薬寮の者たちも調べられた。

大膳職とは、宮中の食事や儀式の饗膳《きょうぜん》などを司《つかさど》る役所である。大炊寮とは、諸国からの米や雑穀の収納と分配や、宴会での準備や管理を司る役所である。ともに待賢《たいけん》門《もん》の傍にあり、隣り合って位置していた。

典薬寮とは名のとおり、薬や医療に関することを扱う役所だ。

だが骸を検《あらた》めてみても、毒死のようでもあるが、そうとも言い切れない。宴に参加していたほかの者たちには異常がまったく見られないことからも、料理や酒に毒が混ざっていたとは考えにくかった。なにより薬子という毒見役もいるのだ。

調べるうちに、亡くなった命婦の君は、最近、子を堕《おろ》していたことが分かった。それゆえ、変死はこのように結論づけられた。

命婦の君は、子を堕した時に服用した鬼灯《ほおずき》の根などの毒の影響で、躰《からだ》が弱っていたのだろう。躰に負担がかかっていたことに加えて、水子の祟《たた》りだったのではないか、と。

毒を飲んだとは思われず、外傷もなかったので、命婦の死は卒中とされ、宴会は沈んだままお開きになったという。

そこまで話し、吉平は少納言に問いかけた。

「この命婦の君の死について、少納言の君はどう思う」

少納言は吉平を見つめ、訊き返した。

「吉平様は如何《どう》思われるの？　やはり水子の祟りであると」

吉平は腕を組み、眉根を寄せた。

「うむ。水子の祟りというのは、どうも解せない。躰が弱っていたのは確かだろうが」

少納言は少し考え、答えた。

「祟りというのは、私も違うと思うわ。やはり料理かお酒に、何か問題があったのではないかしら。命婦の君は、いったい何方《どなた》の子を堕したというの」

吉平は首を横に振った。

「それはまだ摑《つか》めていない。……だが、今回の事件にも源氏物語が関わってきている。

命婦の君は、源氏物語に書かれた和歌を真似た歌を、いくつか遺《のこ》していた。命婦の君の局から見つかったのだ」

吉平は少納言に、紙を渡した。薄様の、淡い萌黄色《もえぎいろ》の雁皮紙《がんぴし》だ。それには命婦の君が遺した真似歌《まねうた》が、流麗な文字で書かれていた。真似歌の隣には、元となった源氏物語の和歌も添えてあり、何帖に書かれているかも記されている。

少納言は、高燈台の灯りに紙をかざしてじっくりと見ながら、いくつかの真似歌に目をつけた。

まずは、

〈つつむめる名や漏り出でむ引きかはし
　かくほころぶる中のたすくに〉

この真似歌の元になったのは、第七帖《紅葉賀》に書かれた和歌だ。

〈つつむめる名や漏り出でむ引きかはし
　かくほころぶる中の衣に〉

《紅葉賀》はまだ読んでいないが、元歌の意味は大方察せられた。こうであろう。

〈包み隠している浮名も漏れ出でてしまいましょう、引っ張り合って破れてしまった二人の中の衣から〉

じっと考える少納言に、吉平は言った。

「その真似歌の『たすく』というのは『たすき』と間違えたのだろうか。たすくがほころぶとは、どういった意味なのだろう」

少納言は波打つ黒髪に指を絡めながら、納得したように頷《うなず》いた。

「もしかしたら、命婦の君のお相手だったのは、中将かもしれないわ」

吉平は目を瞬かせた。

「どうしてそう思ったんだ」

「たすく、とは『将』のことではないかしら。将という字には、そのような読み方があるでしょう。中の将で、中将。包み隠している浮名も……という和歌の意味からも、関係のある男をそれとなく仄《ほの》めかすような真似歌を作って、命婦の君は密《ひそ》かに悦に入っていたのではないかしら」

吉平は腕を組み、首を傾げる。中将といえば、少将とともに、左右近衛府の次官である。

「中将ならば、限られてくるが、果たして本当だろうか」

少納言は吉平を軽く睨《ね》めた。

「ご自身の見立てがないのなら、まず、中将を調べてみればよいのでは」

ぴしゃりと言われ、吉平は頬を膨らませる。少納言は咳払《せきばら》いをして、再び紙をかざした。

次には、この真似歌に目を留《と》めた。

〈色白き花ぞあやなくうとまるる
　髭《ひげ》あるつぶばななつかしけれど〉

この元となったのは、第六帖の《末摘花《すえつむはな》》に書かれた和歌である。

〈紅《くれない》の花ぞあやなくうとまるる
　梅の立ち枝はなつかしけれど〉

吉平に持ってきてもらって《末摘花》を読んでいたので、少納言は元歌の意味がすぐに分かった。

〈紅の花は訳もなく嫌な感じがする。梅の立ち枝に咲いた花は慕わしく思われるが〉

嫌な感じがするのは、紅の花を見ると、末摘花の赤い鼻を思い出すからだ。末摘花とは光源氏が関係を持つ女性の一人で、花と鼻をかけているのだ。末摘花は器量があまりよくない女性として描かれているが、それにしても失礼な歌である。

少納言は推測した。

「この真似歌の意味は、こうかしら。『色が白くてのっぺりした男は、訳もなく嫌な感じだわ。髭をたくわえていて鼻に粒《つぶ》のような出来物がある男は慕《した》わしいけれど』。花、という語は、やはり異性を匂わせているのよ。この歌で詠《よ》んだ男には、命婦の君は好意を持っていたと思われるから、やはり中将を仄めかしているのかもしれないわ。つまりは、髭が生えていて、鼻に出来物やイボがある人なのでは」

吉平は訝しげな顔をしつつも、ぽつりと口にした。

「髭のある中将か……思い当る者が一人いる。藤原頼親《よりちか》様だ」

「ああ、頼親様」

少納言は手を打った。

頼親は、藤原道隆の子であり、定子そして伊周《これちか》の兄だ。つまりは、道長とは敵対する一派の者である。もし本当に頼親が相手だったのならば、命婦の君は道長側の女房であるため、体裁が悪くて堕胎《だたい》したのであろうと考えられた。

少納言は納得するも、吉平は首を少し傾げた。

「しかし、頼親様は、鼻に出来物などはなかったように思うが。まあ、一応探ってみるか」

「そうね……確かに、なかったような気がするわ。では、『つぶばな』の意味は取り違えたのかしら」

少納言は紙をじっと見つめる。平仮名で書かれているのも気に懸《か》かったが、はっきりとした答えは出せなかった。
少納言は、このような真似歌にも目を留めた。
〈かこつべきゆえを知らねばおぼつかな
　いかなるもちのゆかりなるらむ〉
元になったのは、第五帖の《若紫》に書かれた和歌だ。
〈かこつべきゆえを知らねばおぼつかな
　いかなる草のゆかりなるらむ〉
元歌の意味は、こうだ。
〈恨み事を言われる訳が分かりません。私はどのような方のゆかりなのでしょう〉
光源氏に迫ってこられた幼い紫の上が詠んだもので、戸惑《とまど》いや、相手を突き放すような無邪気な冷たさも感じられる。
――とすると、命婦の君が詠んだ真似歌も、冷たさを含んでいるのでしょう。これは、恋しい人に対して詠んだ歌ではないわね。では、誰に向けて詠んだ歌だったのかしら。
少納言は考えを巡らせつつ、第二帖の《帚木《ははきぎ》》に書かれた和歌を真似たものにも目を留めた。元となったのは、この歌だ。

〈帚木の心を知らで園原の
　道にあやなくまどひぬるかな〉
元歌の意味は、こうである。
〈近づけば幻の如《ごと》く消える帚木のように、情があるようでない、つれない貴女よ。貴女の心も知らずに近づこうとして、園原の道（恋の道）に迷ってしまいました〉
命婦の君が遺した真似歌は、このようなものだった。
〈ははきぎの心を知ってうしはらの
　道にあやなくまどひぬるかな〉
帚木といえば植物の名だが、園原の帚木といえば信濃の伝説上の木だ。遠くからは箒《ほうき》の形に見えるが、近づくと見えないという。この言い伝えから、情があるように見えながら、実はないことの喩《たと》えに用いる。
少納言は、命婦の君が遺した真似歌をじっと見つめ、考えた。
――うしはらの道に迷い込むとは、どういうことなのだろう。うしはら、って、いったい何のことかしら。……命婦の君は子を堕したというから、『はら』は『腹』のことだろうか。とすれば『うしはら』とは『失し腹』で、こういう意味なのかしら。母になってその気持ちが分かるところだったのに、お腹の子は失ってしまった。深い悲しみで、出口の見えぬ道に迷い込んでしまいそうだ、と。
頭を働かせるも、まだはっきりとは分からなかった。
最後に目を留めたのは、《紅葉賀》に書かれた和歌の真似歌だった。
元となったのは、この歌だ。
〈尽きもせぬ心の闇に暮るるかな
　　雲居《くもい》に人を見るにつけても〉
まだ読んでいないが、先ほどの吉平の説明で、この歌の意味は薄々と分かった。立后して遠い存在になってしまう藤壺への、光源氏の憂う思いを詠んでいるのだろう。
このような意味に受け取れた。
〈尽きることのない心の迷いに、目の前が暗くなる。この方を、雲の上の人と見るにつけても〉
それに対し、命婦の君が遺した真似歌は、こうだった。
〈つき見えぬ満ちの闇なり雲隠れ
　　東雲《しののめ》けして見るわたにござ〉
少納言は首を傾げた。ほかのものと違って、幾分大胆に変えているが、元歌にもある「闇」や「雲」といった要の言葉が織り込まれている。

――わたにござ、ってどういうことかしら。綿に莫蓙《ござ》？　雲という語も二度使われている。

柳眉《りゅうび》を寄せて真似歌を睨《にら》みながら、少納言はふと思い当たり、声を上げた。

「もしやこの真似歌は、雲隠れした堀河諸兄様を詠んだものではないかしら」

「どういうことだ」

身を乗り出す吉平に、少納言は考えを述べた。

「真似歌は、このような意味だと思うの。『恐ろしい目に遭い闇の中で雲隠れした。雲水《うんすい》が兄を消したので、綿や莫蓙を見ている』。つまりは、綿や莫蓙が作られるところにいる、ということではないかしら。東雲は、雲水（修行僧）にかけてあるのよ、きっと」

「命婦の君は、堀河の居場所を知っていたというのか」

「そのような気がするわ。命婦の君は男性関係が華やかだったのでしょう？　ならば堀河様と何かあったとしてもおかしくはないわ」

吉平は腕を組み、首を捻《ひね》った。

「それも想像が過ぎるような気がするが……本当だったら、堀河を見つけ出すことができそうだ。綿が栽培されているのは三河のほうか。莫蓙の材料のい草は、南のほうで採れるな。そちらまで逃げたのだろうか」

吉平は疑わしげな面持ちだったが、頷いた。

「承知した。貴女の推測、すべて据継に伝えておこう。中将についても、よく調べてもらう。藤原頼親様のことは特に。それから、命婦の君と堀河諸兄との関係も」

「お願いするわ」

恋人をそれとなく仄《ほの》めかすような真似歌を作るなどして楽しんでいたのだから、命婦の君には蠱惑《こわく》的な面もあったのだろうと、少納言は思った。

話が終わると、吉平は頬を掻《か》いた。

「ところで、今宵《こよい》は餅餤《へいだん》はいただけぬのかな」

厚かましくも憎めない吉平に、少納言は笑みを浮かべる。宮中の怪事件を相談しにきておきながら、食い気たっぷりというところが、なんとも言えない。

「かしこまりました。少しお待ちくださいませ」

少納言はわざとらしく丁寧に言い、腰を上げた。

餅餤を皿に積み上げるように、沢山作って戻ると、吉平は嬉々として頬張った。追加の酒を運んできた鈴音が、吉平を見て、愛らしい声を響かせた。

「まあ吉平様、ますます丸くなられますね」

餅が喉に詰まりそうになったのだろう、吉平が目を白黒させる。少納言が慌《あわ》てて背中をさすり、鈴音が酒を呑ませて、どうにか落ち着かせた。

その光景を眺めながら、猫の小玉が呆れたような啼《な》き声を上げた。


吉平が帰る頃には、鈴音は小玉と一緒に眠ってしまっていた。少納言は二人を起こさぬように静かに台盤を片付け、廊を歩き、部屋へと戻る。

そして脇息にもたれ、命婦の君が遺した真似歌を読み直した。

吉平の話によると、寛子の乳母であった命婦の君は、次の皇后とみなされている娍《せい》子《し》にも目をかけられていたとのことだ。

娍子の第一皇子である敦《あつ》明《あきら》親王と、道長の娘の寛子は歳も近くて仲がよく、それゆえ命婦の君は娍子と顔を合わせることがあったようだ。

正暦二年（九九一）に入内した娍子とは、少納言も面識があった。娍子は淑《しと》やかな美しさを湛《たた》えた、慈悲深い微笑みが印象的な妃であり、次の皇后に相応《ふさわ》しいと思われる女性だ。

娍子の夫は居貞親王で、舅《しゅうと》である冷泉上皇の第二皇子である。娍子には香《こう》子《し》という妹がいて、こちらは冷泉上皇の第四皇子である敦道親王に嫁いだと聞いていた。

――道長様側の命婦の君が、本当に頼親様と通じていたとしたら、皮肉なものね。それとも……もしや道長様が、何かを探ろうと、命婦の君を頼親様にわざと近づけたのかしら。いえ、その必要はないわね。定子様一派の残党には、もうそれほどの力はないもの。

少納言は溜息をつく。

頼親の名を久しぶりに聞いて、少納言は定子や伊周のことを思い出した。少納言は二人の華やかなる姿について、枕草子に繰り返し書き留めた。枕草子を完成させたのは長保三年（一〇〇一）、定子が亡くなった後だ。しかし枕草子には、定子や伊周の華々しい姿しか書き留めず、凋落《ちょうらく》した姿は一切記さなかった。

三

それから間もなく、吉平は再び少納言のもとを訪ねた。未三刻（午後二時）のまだ明るい時分だ。吉平ら役人たちは夜明け頃に出仕し、午三刻（正午）にはだいたい仕事を終えている。それからの残務ももちろんあるが、吉平は今日は空いているようだった。ちなみに時刻を報せる太鼓や鐘を打っているのは、陰陽寮の当番の役人である。

吉平の姿を見て、少納言は薄笑みを浮かべた。初めの頃は嫌々少納言のもとを訪れていたようだったのに、近頃では自発的にやってきているようだ。吉平が餅餤につられているからだと、少納言は気づいている。

鈴音に出されたお茶と焼き栗を味わいながら、吉平は探索の進み具合を語った。

「据継が調べ上げたところによると、命婦の君が子を堕した相手は、貴女が察したように、やはり近衛中将の藤原頼親様だった。偶《たま》さかなのかもしれんが、いや、恐れ入った」

頭を下げる吉平に、少納言は微笑んだ。

「では、頼親様が下手人なのかしら」

「貴女はどう思う？　命婦の君を鬱陶《うっとう》しく思うあまり、何かを仕掛けたのか。命婦の君は頼親様に、かなりしつこかったようではあるが」

少納言は大きく瞬きした。

「さて、どうかしら。吉平様は如何《いかが》思われるの」

「また私の考えを聞こうというのか」

吉平は眉根を寄せる。

「だって、いつも私に訊ねておきながら、私の勘働きを素直に信じてくれないでしょう？　ならばご自分の考えを先に言うべきなのでは」

「相変わらず意地が悪い」

「吉平様の勘働きが向上するよう、鍛《きた》えて差し上げているのよ」

少納言が嫣然《えんぜん》と微笑むと、吉平の頬が少し緩んだように見えた。

「それは恐れ入る」

吉平は咳払《せきばら》いをしてそう言うと、自分の考えを述べた。

「命婦の君が邪魔になって、頼親様が暴挙に出たようにも思うが、果たして、どのようにして殺《あや》めたかというのが問題だ。あの宴の時の料理には毒は入っていなかった。ならば、呪《まじな》いでも駆使して、発作を起こしたのだろうか。法師陰陽師に、呪詛を頼んだのか」

法師陰陽師とは、官人ではなく、民間にいる異能者たちであり、怪しげなことも引き受ける。

腕を組む吉平に、少納言は微笑んだ。

「呪い、ですか。やはりそこへいってしまうのね。……でも、私ならもう一度、大膳職や大炊寮の膳夫《かしわで》（料理人）をよく探ってみるわ。吉平様、この間、仰っていたでしょう。命婦の君は気が多い女性だったと」

吉平は目を瞬《しばたた》かせた。

「膳夫と関係があったというのか？」

少納言は文箱の中から、命婦の君の真似歌が書かれた雁皮紙を取り出し、吉平の前に置いた。

「私は、この歌にも目を留めたの」

少納言は、第五帖の《若紫》に書かれた和歌を真似したものを、指で差した。

〈かこつべきゆえを知らねばおぼつかな
　いかなるもちのゆかりなるらむ〉

少納言は説き明かした。

「この真似歌の『もち』は、恐らく、餅と望。餅と考えれば、『私はどんな餅にゆかりがあるというの』という意味にも取れて、餅と喩《たと》えた者を冷たく突き放しているようだわ。餅とは食べ物ゆえ、やはり膳夫が浮かんだの」

吉平は難しい面持ちで、顎《あご》をさすりながら、少納言の話を聞く。少納言は続けた。

「また、もちを望と考えれば、『どのような望みの因縁でそんな恨めしいことを仰っているの』という意味にも取れて、つまりは望みなんかないわと言っている。膳夫は命婦の君に本気だったけれど、命婦の君は遊びだったのね。命婦の君に弄《もてあそ》ばれて、膳夫は恨んでいたのかもしれないわ」

「命婦の君が惚れていたのは、頼親様だったろうからな」

「そうでしょうね。きっと、頼親様が冷たいところもあった分、その埋め合わせを膳夫などほかの男たちでしていたのではないかしら」

「それが本当だとしたら、とんだ妖婦ではないか」

眉を顰《ひそ》める吉平を眺め、少納言は薄笑みを浮かべた。

「あら。殿方って、妖婦に惹《ひ》かれるものではないかしら？」

吉平は咳払いをして、肩を竦《すく》めた。

「私はそのような女は苦手だが」

「確かに、吉平様では太刀《たちう》打ちできないわよね」

「修業不足ですまんな」

苦虫を嚙み潰したような顔になる吉平に、少納言は問いかけた。

「吉平様は、どのような女性をお好みかしら」

吉平は少納言をじろりと見て、顎《あご》を撫《な》でた。

「優しい性分の、淑《しと》やかな女性がよい」

「それは私に対する当てつけかしら」

少納言は笑みを浮かべながら、吉平を睨める。吉平は急いで話を戻した。

「貴女は膳夫を疑っているようだが、ならばどのようにして命婦の君に発作を起こさせたのだろう。料理に何かを仕掛けたというのか？　頼親様に示唆《しさ》されたのではなく、命婦の君への恨みで、自《みずか》らしたのだろうか」

「私はそう思うわ」

「しかし、毒が盛られていた訳ではなかったようだ。そこが腑に落ちん。すると、どのようにして殺めたのだろう」

「その時に出された料理って、詳しくお分かりになる？」

「今は分からんが、大膳職に訊いてみれば分かるだろう」

それを聞くと、少納言は急に立ち上がった。目を瞬かせる吉平に、少納言は告げた。

「ほかにどのような料理が出されたか、今から大膳職に行って、訊ねてみるわ。吉平様の車を借りるわね」

吉平の答えも待たずに、少納言は部屋を出ていく。

「おい、ちょっと待ってくれ」

そう叫びつつ、吉平が追いかけてきた。

四

今日の少納言の出で立ちは、淡緑の小袖《こそで》に、淡黄の単《ひとえ》、その上に淡朽葉《うすくちば》と紅と蘇芳《すおう》の三枚の袿《うちき》を重ねた、紅葉を思わせる色目である。

少納言はその姿で速やかに動き、邸の傍《そば》に停めてあった吉平の牛車《ぎっしゃ》に乗り込んだ。続いて吉平も仏頂面で乗り込み、丸い躰を揺さぶりながら、屋形に腰を下ろした。

「貴女には正直、呆れる。私はもはや、ついていけない」

吉平に睨《にら》まれても、少納言は澄ました顔だ。

「あら、私を事件に引きずり込んだのは何方《どなた》かしら。そのせいで、私、すっかりやる気になってしまったのよ。……それに、吉平様には、かつての貸しがあるし。少しぐらい、言うことを聞いてもらわなければ」

「む」

吉平は小さく呻《うめ》き、押し黙る。貸しとは、例の、定子の具合が悪くなった時の一件だ。少納言に花を持たせてもらった吉平は、そのことを持ち出されると、何も言い返せなくなる。そして少納言はそれを分かりつつ、吉平を振り回しているのだ。

網代車は、平安京に向かって、色づく木立を通り抜けていった。

またも自分の推測が当たって意気揚々《ようよう》としていた少納言だったが、車の中で、吉平に聞かされた。

「据継に入念に調べてもらったが、命婦の君と堀河諸兄には何の交わりもなかったようだ。面識すらなかったと思われる」

少納言は目を見開いた。

「まあ、そうだったの？　では、あの真似歌については読み違えたということね」

唇を尖らせて消沈する少納言に、吉平は笑顔で言った。

「時には間違えてもよいではないか。そのほうが人間らしい」

「……吉平様、なんだか嬉しそうね」

吉平は澄ました顔で、物見から錦繡の景色を眺める。少納言はぶすっとしながら首を捻《ひね》った。

——では、あの真似歌は何を意味していたのかしら。つき見えぬ満ちの闇なり雲隠れ。

……闇という語のせいか、妙に気になる歌だったけれど。

考えを巡らせるも、何も思いつかなかった。

羅城門跡《らじょうもん》から入り、朱雀大路を真っすぐに行けば、大内裏《だいだいり》がある。少納言はその近くで車を停めさせ、吉平に告げた。

「私一人でも大丈夫だから、ここで待っていて」

「そうはいかぬ。私も付き添おう」

二人は車から降り、大内裏へと歩を進めた。

少納言が正門の朱雀門から堂々と入っていこうとすると、門番が呼び止めた。

「どのような用件でいらっしゃる」

少納言は毅然《きぜん》と答えた。

「以前、定子様にお仕えしておりました清少納言です。大膳職の皆様にお伺いしたいことがあるのですが」

すると門番は目を皿にし、少納言の顔をじっくりと見た。少納言の背後から、吉平が声を響かせた。

「間違いなく、少納言の君、ご本人であられる。私も一緒だ。通してくれ」

門番は深々と頭を下げた。優れた役人とは言いかねる吉平だが、安倍晴明の息子なので、一応気を遣われてはいるようだ。

「こ、これは失礼いたしました。どうぞお通りくださいませ」

少納言は会釈《えしゃく》をし、吉平とともに大内裏に入った。

数年ぶりに宮中の空気に触れ、少納言は背筋を伸ばす。

――やはり、よい。

既《すで》に辞職している身だが、少納言は少しも怯《ひる》みはしない。働いている役人たちを眺めながら、大膳職へと急いだ。式部省を過ぎ、雅楽寮の角を曲がって真っすぐに進むと、待賢門がある。大膳職は、そのすぐ傍にあった。大膳職の隣には大炊寮が並び、このあたりで宮中の料理や食べ物に関することが司られている。

少納言は大膳職へと乗り込んだ。吉平もその後を追う。まさに紅葉《もみじ》を思わせるような出で立ちの少納言は、役人たちの目を引いたであろう。

「おい、あの方は」

「まさか」

役人たちがざわめく中、少納言は高らかな声で訊ねた。

「この前の、命婦の君がお亡くなりになった宴の際、どのような料理を出したか、詳しく教えてくださらない？」

「はっ、はい」

少納言の迫力に気圧《けお》されたかのように、膳夫たちは従ってしまう。隠棲はしていても相変わらずの少納言を、吉平は何とも言えぬ面持ちで眺めている。このようなことをして大丈夫なのだろうかと、内心、ひやひやしているのだろう。

膳夫の長官が、出した料理の名をすべて紙に書いて、少納言に渡した。その一覧を、少納言はじっくりと眺めた。

一．山盛りの強飯《こわいい》
二．松茸《まつたけ》の吸い物
三．アケビの胡桃和《くるみあ》え
四．雉《きじ》のもも肉
五．柿の器、茹《ゆ》でた海老《えび》
六．栗の渋皮煮
七．雲丹《うに》の塩漬け
八．鯛《たい》
九．鴨肉と牛蒡《ごぼう》の煮込み
十．鴨の卵
十一．索餅《さくべい》

少納言は息をついた。

「宴の料理だけあって、品数が多いわね。この順に出したのではなく、すべてを台盤に載せて、一度に出したのよね」

「はい。さようでございます」

「吸い物というのは、鰹《かつお》を煮た煮汁を使ったのかしら」

「さようでございます」

「アケビを食べて具合が悪くなった人は、いなかったかしら」

「いらっしゃらなかったと存じます」

アケビは生薬にも使われるが、妊婦や、胃ノ腑や腸が冷えやすい者には毒になることがある。だが宴には、そのような者たちは参加していなかったようだ。

「鴨の卵……」

呟《つぶや》きつつ、少納言は、最後に記された索餅に目を留めた。

索餅は、小麦粉と米粉を練り合わせて作る。奈良時代に唐から伝わった、唐菓子の一つである。少納言は独り言《ひとりご》ちた。

「もしや命婦の君は、小麦粉を摂《と》ると、躰の具合が悪くなったのでは？　……いや、それが分かっているなら、わざわざ策餅を食べない」

小麦粉が受け付けない体質の者もいるので、少納言は、命婦の君もそうではないかと思ったのだ。

少納言は唇を尖らせ、考え直す。そして、ふと思い出した。命婦の君が遺した真似歌の一つを。

〈色白き花ぞあやなくうとまるる

髭あるつぶばななつかしけれど〉

――『つぶばな』とは、出来物のある鼻ではなく、もしや小麦粉の花のことだったのではないかしら。そして、白き花とは、真白な蕎麦《そば》の花のことでは。それが疎《うと》ましいとは、蕎麦が苦手だったということ……。

押し黙ってしまった少納言に、膳夫が教えた。

「宴でお出しした索餅は、練ったものを油で揚げておりました。評判がよくて、皆様、召し上がってくださいました。命婦の君も、二つ、三つと味わってくださったそうです」

もし、小麦粉に過剰な反応を起こすと分かっているならば、命婦の君もそのような真似はしなかっただろう。少納言は、膳夫の話に目を光らせた。

「揚げてあったのね。こんがりと狐色に」

「はい、さようでございます」

少納言は考えを巡らせた。揚げられて色も味も変わっていれば、小麦粉と蕎麦粉がすり替わっていたとしても、容易には気づかずに食べてしまうだろう。

「もしや、その索餅は、小麦粉ではなく蕎麦粉と米粉を混ぜて作られていたのではないかしら。命婦の君は、そうとは知らず、索餅をいくつか食べてしまった。そして気づいた時には、蕎麦粉への拒絶の反応が、全身に現れてしまっていたんだわ」

隣で吉平が手を打った。

「なるほど、蕎麦粉か。……では、命婦の君を恨んでいた膳夫が、命婦は蕎麦粉が苦手だと知っていて、それを悪用したというのか」

少納言は声を張り上げた。

「あの宴で索餅を作った者は誰かしら？　その者を逃がさないで！」

ざわめきが起きる中、逃げようとした膳夫がいた。

「あの男よ！」

鮮やかな紅色の袿《うちき》を翻し、少納言が指を差す。ほかの膳夫たちが急いで追いかける。

吉平も恰幅のよい躰を揺さぶりながら、走り出した。

少納言も裾《すそ》を手で持ち上げて後に続くも、走ることはなかなか難しい。転びそうになり、膳夫の長官に支えられた。

男は大膳職を飛び出す。宮内省を過ぎ、ちょうど陰陽寮の前あたりで、追いかけてきた膳夫の一人に捕まりそうになった。揉み合いになり、男はありったけの力でもがき、膳夫を突き飛ばす。再び逃げようとしたところで、吉平が息を切らしながら飛びかかり、その大きな躰で押し倒した。

騒ぎが伝わり、陰陽師たちが陰陽寮の中から出てくる。吉平に押し潰されている男を見て、皆、目を丸くした。

「早く検非違使《けびいし》を連れてきてくれ！」

吉平が叫ぶと、陰陽師の一人が駆けていった。

すぐに据継がやってきて、逃げようとした男は引き立てられていった。

この吉平の活躍を、少納言は目を瞠《みは》りつつ、遠巻きに眺めていた。集まってきた検非違使たちに訊ねると、引き立てられていったのは、膳夫《かしわで》である比良和巳《ひらかずみ》とのことだった。

少納言は、汗だくになっている吉平に、絹の手ぬぐいを差し出した。

「ご苦労様。なかなかのご勇姿だったわよ」

「うむ。私のこの躰もたまには役に立つものだな」

汗と一緒に顔についた泥を拭《ぬぐ》う吉平を眺め、少納言は笑みを浮かべた。

「私が作る餅餤も、吉平様の立派なご体軀《たいく》の育成に、一役買っているのかもしれないわね」

「また憎まれ口を……と言いたいが、それは本当だろうな」

吉平は素直に頷《うなず》いた。

網代車で帰る時、吉平が少納言に訊ねた。
「小麦粉と蕎麦粉のすり替えに、よく気づいたな。勘が働いたのか」
「命婦の君が遺した真似歌の意味に、気づいたのよ」
少納言は、真似歌が書かれた紙を懐から取り出し、吉平に見せて説き明かした。
少納言は第六帖の《末摘花》にある
〈紅の花ぞあやなくうとまるる
　　梅の立ち枝はなつかしけれど〉
を真似た
〈色白き花ぞあやなくうとまるる

髭あるつぶばななつかしけれど〉

を、初めはこのように解釈した。

〈色が白くてのっぺりした男は、訳もなく嫌な感じだわ。髭をたくわえていて鼻に出来物がある男は慕《した》わしいけれど〉。

「でもそれは間違いだった。この真似歌は恐らく、蕎麦の花と、麦の花のことを意味していたのよ」

「蕎麦の花と、麦の花？」

「蕎麦の花は、白いでしょう。つまり、こういう意味だったのでは。『白い花を咲かせる蕎麦は苦手だから嫌なものだ。でも、髭が伸びている麦の穂に粒のように咲く花は、慕わしい』と」

麦の花は、粒状であるからだ。吉平は腕を組みながら、大きく頷いた。

「なるほど。髭ある粒花とは、麦の花のことだったのか。すると、鼻に出来物が云々《うんぬん》というのは、勘違いだったという訳だ。だが中将の頼親様には髭はあったが」

「たまたま、そこは合っていたのね。堀河様の件といい、今回は勘違いもあったわ」

少納言が苦い笑みを浮かべると、吉平は頬を掻いた。

「少納言の君でも間違えることはあるのだな。なんだか安心する」

少納言は目を瞬かせた。

「当たり前じゃない。人は、間違えを繰り返して、成長していくものよ。そうではなくて？」

吉平は不意に真顔になり、少納言を見つめた。

「確かに、その通りだ」

「宮仕えを始めた頃なんて、よく間違えたわよ。それを克服しながら、定子様の信頼を得られるようになっていったの。間違えることや失敗を怖がっていては、進むことはできないわ」

吉平は大きく頷く。少納言は清々《すがすが》しく言った。

「粒花の謎が解けて、すっきりしたわ」

命婦の君は子を堕して躰が弱っていたところに、蕎麦粉の料理を食べてしまったので、重篤《じゅうとく》な発作を起こしたのであろうと推測された。

五

日ごと寒さが増してきた。

ある朝、鈴音が少納言をじっと見つめ、訊ねた。

「少納言様、近頃、ご機嫌麗しくございませんね。お疲れなのでしょうか」

少納言は脇息《きょうそく》にもたれながら、指を長い髪に絡ませた。

「別に疲れてはいないわ。あれからどうなったか、吉平様がなかなか報《しら》せにこないから、怒っているのよ。何かあったら報せてと約束したのに！　本当に気が利かない男だわ。捕まった比良が、命婦の君とのことをどう自白したか、気になっているのに」

少納言を眺め、鈴音は薄らと笑みを浮かべる。言葉とは裏腹に、少納言が吉平を憎からず思っていることに、勘づいているからだろうか。

鈴音は姿勢を正し、よく通る声を響かせた。

「ならば、たまには少納言様が吉平様をお訪ねになってみてもよろしいのではありませんか。吉平様のお邸はご存じなのでしょう？」

少納言も背筋を伸ばし、鈴音を見た。

「それもよい考えね」

「いらっしゃるようでしたら、房丸《ふさまる》の出番でございますね。私も牛飼童《うしかいのわらわ》を務めます」

澄ました顔で言う鈴音を、少納言は抱き寄せる。牛車を出して、吉平の邸に、こちらから乗り込もうというのだ。

少納言は鈴音の黒髪を撫でた。

「さすが鈴音ね。お願いするわ」

「はい、少納言様。吉平様、きっと驚かれますでしょう」

少納言は鈴音と微笑み合った。


吉平が邸に戻っていると思《おぼ》しき、その日の夕刻頃、少納言は彼のもとへと乗り込んだ。吉平の邸は、平安京の北方の、土御門大路《つちみかどおおじ》と宇多小路《うだこうじ》が交差するところにある。

その近くで牛車から降り、鈴音と房丸を待たせて、少納言は吉平に会いにいった。

「何方《どなた》かいらっしゃいませんか」

門の前で大きな声を出すと、吉平の世話をしていると思しき、齢六十ぐらいの男の家人が出てきた。少納言は澄んだ声ではっきりと述べた。

「私、かつて宮中で定子様に仕えておりました、清少納言と申します。今は東山月輪《つきのわ》にて隠居しておりますが、ご縁あって吉平様のお仕事にお力添えさせていただいておりります。それでお話がございまして伺いました」

家人は少納言を見つめ、目を丸くする。突然の訪問に、心底驚いたようだ。

「は、はい。少しお待ちくださいませ」

家人は急いで吉平に伝えにいく。待っている間、少納言は邸を見渡した。大邸宅とは言い難いが、それなりに立派な構えだ。広い庭には、萩の花などの秋草が咲き乱れている。

——やはり父君が偉大な方だっただけあって、なんだかんだと吉平様は恵まれているわよね。ならば別に拗《す》ねることもなく、開き直ってしまえばいいのに。

そのようなことを考えていると、家人が戻ってきて、少納言に伝えた。

「どうぞお上がりくださいませ」

少納言は一礼し、家人に導かれ、吉平の邸に入っていった。

少納言は大きな部屋へと通され、吉平と向かい合った。吉平は脇息にもたれ、苦々しい顔をしている。少納言は不敵な笑みを浮かべた。

「吉平様がなかなか報せにいらっしゃらないので、私のほうからお訪ねしました。あれからどうなったか、気になっていたので」

吉平が返事をせずにいると、侍女がお茶と無花果《いちじく》を運んできた。その侍女が下がると、吉平は重い口を開いた。

「弟に窘《たしな》められたのだよ」

「吉昌様に？」

「この前、二人で大膳職に乗り込んだだろう。あそこまでするのはどうかと思う、とね」

眉根を寄せる吉平に、少納言は訊ねた。

「それで私を避けていたという訳なの」

「いや、避けていたというのではなくて……」

吉平は言葉を濁《にご》す。少納言は怯むことなく言い返した。

「でも、乗り込んだおかげで、比良を捕らえることができたじゃない」

「まあ、そうだな」

少納言は頬を膨らませ、吉平を睨《ね》めた。

「吉平様、はっきり仰《おっしゃ》れば？　私の猛々《たけだけ》しい振る舞いに愛想をつかした、って」

吉平は、ふふ、と笑った。

「猛々しい振る舞いということを、自覚しているのだな」

「それはそうよ。下手人を捕まえることに力添えできたけれど、吉平様に嫌われてしまったから、あの振る舞いは失敗だったのかしら」

少納言は唇を尖らせ、目を伏せる。吉平が答えた。

「嫌ってはいない。呆れはしたが」

少納言は顔を上げ、笑みを浮かべた。

「そう？　ならばよかったわ」

吉平もつられたかのように頬《ほお》を緩める。

大きな部屋からは、庭の草木が見える。藤袴《ふじばかま》の甘い香りが漂う中、無花果を味わいつつ、吉平と話をした。

検非違使の据継たちの取り調べにより、膳夫の比良は、やはり命婦の君と深い仲だったということが分かったようだ。

吉平が言った。

「膳夫の比良は下級の身分ながら命婦の君に入れあげ、ずいぶん貢《みつ》いだそうだ。ところが命婦の君は魔物でね。ほかの男たちとの付き合いも、やめようとしなかった。そして比良は、命婦の君がほかの男との子供を堕《おろ》したことを知り、ついに追い詰められてしまった。命婦の君を思う気持ちは、いつしか憎悪に変わり、殺めてしまったという訳だな。殺し方は貴女が察したとおり、小麦粉と蕎麦粉のすり替えだった」

「比良は、命婦の君と蕎麦粉のことを知っていたのでしょう？」

吉平は眉根を寄せた。

「いや、それが、知らなかったようだ。ある者に、そそのかされたという」

「どういうこと？」

「貴女はどう思う」

日頃の意趣返しか、吉平が笑みを浮かべながら聞いてくる。してやったりの表情が憎々しい。

先が気になって仕方のない小納言は、奥の手を繰り出した。

「これは餅餤ですが」

傍《かたわ》らから包みを差し出す。

「おお」

吉平が目を輝かせ受け取ろうとした刹那《せつな》、小納言は包みを引っ込めた。

「手土産も持たずに訪れるのは失礼だと思って用意してきたけれど、吉平様は召し上がりたくないように見受けられるわ。それゆえ、これは持ち帰り、鈴音と二人で……」

「分かった、分かった」

吉平が慌《あわ》てて遮《さえぎ》り、手を合わせる。

「貴女の方が一枚も二枚も上手であると、身に染みて分かった。先を話すから、そのようなことは言わんでくれ」

懇願する吉平に満足した小納言は、改めて包みを差し出した。吉平は餅餤を守るかのように包みを背後に滑らすと、続きを話し始めた。

「比良がそのかされたという話だが、このようなことらしい。命婦の君への思いが憎しみへと変わり、比良が思い悩んでいた時、七条大路の西市で麦縄をぼんやりと眺めていたそうだ。すると、見知らぬ男が近づいてきて、蕎麦粉のことを耳打ちしたという。命婦の君は蕎麦粉を食べれば死ぬぞ、と」

少納言は柳眉を吊り上げた。

ちなみに平安京の東西市は市司によって管理されており、毎月十五日までが東市、それ以降は西市と、交替で開かれている。朱雀大路を挟んで対称的に、左京側に東市が、右京側に西市が、七条大路に沿って立つ。

市では食べ物や布、土器や薬や油、弓や馬などが売られ、賑《にぎ》わっていた。

「どうして、見知らぬ男が言ったことなどを信じたのかしら」

「その男は、命婦の君が遺した真似歌のことを、比良に教えたようだ。貴女が謎を解いた、蕎麦の花と麦の花を詠んだものを。比良は、命婦が源氏物語の真似歌を作っていたことは知っていたらしく、それで信じてしまったのだろう」

「どんな男だったのでしょう」

「それが……笠を被った、背の高い細身の僧侶だったらしい」

少納言は目を見開いた。

「また僧侶がそそのかしたというのね。……それが本当ならば、いったい何者なのでしょう。夏に起きた、生首事件に関わっていたと思しき僧侶と同じ者なのかしら」

「上からの指示で、表向きには生首事件の探索は打ち切っていたが、据継は密かに探っていたようだ。貴女が言っていた、宮中に出入りしていた僧侶を。すると、一人、思い当たったらしい」

「誰だったの」

少納言は身を乗り出す。

「うむ。娍子《せいし》様の妹御であられる香子様のもとへ通っていた、宗覚《そうかく》という僧侶だ。宗覚は背が高く痩せていて、その点においては、生首事件の時の孫助の証言とも、今回の比良和巳の証言とも、一致している。それで話を聞こうと思ったようだが、宗覚は、近頃は宮中に姿を現さなくなってしまったという。それで据継は、いっそう疑わしく思っているようだ」

吉平の話を聞きながら、少納言は首を傾げた。

「香子様は、確か敦道親王に嫁がれたと聞いたけれど」

「なんでも邸を追い出されたらしく、四年前に娍子様が引き取ったんだ。その頃、貴女は宮仕えを既《すで》に辞めていたから、そのことは知らないか」

少納言は目を瞬かせた。

「ええ、初めて聞いたわ。……そうだったの。娍子様はやはりお優しくていらっしゃる」

「香子様は敦道親王との間に子を儲けたそうだが、生まれてすぐに亡くなってしまったらしい。宗覚という僧侶は、その亡き子を弔うために、香子様のもとに通っていたようだ」

居貞《おきさだ》親王の妃である娍子のことは、少納言もよく知っていた。今の帝《みかど》の次には、東宮である居貞親王が即位することはほぼ決まっているので、つまりは次の皇后となる女性である。妹の香子とも面識のあった少納言は、香子のもとへと通っていた僧侶が事件に関わっているとは思いたくなかった。

「でも、こうも考えられるわよね。比良は心の病に罹《かか》っていて、幻聴が聞こえたのではないか、と。あるいは罪を少しでも軽くするための、嘘だと」

吉平は腕を組んだ。

「それもあり得るかもしれんが、夏の事件でも、孫助が自白で、僧侶らしき男のことを語っている。そしてこの秋の事件でも、比良が自白で、同じような男のことを語っている。ならば、やはりその男はいると考えたほうがよいのではないか。同一の者のように思える」

吉平を眺め、少納言は思う。

――吉平様も、なかなか勘を働かせるようになってきたわね。

少納言は姿勢を正した。

「いずれにせよ、手を下したのは、比良ということね」

「そうだな。ところで、夏に続いて秋にも事件が起き、源氏物語は呪われているのか、という噂が宮中を駆け巡っている。どちらにも、源氏物語が絡んでいたからな。脅迫の文も、また届いたようだ。《源氏物語は死者を生む、おぞましきものなり。書き手も呪われている》とな」

少納言は顔を顰《しか》めた。

「酷《ひど》い言われようね。それでも、式部の君は執筆をやめないのでしょう？」

「うむ。道長様も、気にすることはないと笑い飛ばしたそうだ。却《かえ》って話題になってよいではないか、と」

「さすがは道長様。嫌がらせなどは、痛くも痒《かゆ》くもないようね」

少納言は溜息《ためいき》をつき、お茶を啜《すす》った。

話が終わると、少納言は突然の訪問の詫びを述べた。

「吉平様はご迷惑だったかもしれないけれど、探索の進み具合が分かって、満足したわ」

「いやいや、少納言の君自らご訪問くださり、光栄だった。近々、また源氏物語を届けに参ろう」

「よろしくお願いいたします」

少納言は一礼し、嫣然《えんぜん》と微笑んだ。

部屋からは庭が見える。日暮れ前、池の鯉が跳ねて、水飛沫《みずしぶき》を上げる。穏やかな風に吹かれて、萩や藤袴《ふじばかま》などの秋草が香り立った。

第三章　花山法皇の怪死――《澪標《みおつくし》》の後の事件――

一

年が明け、寛弘五年（一〇〇八）の冬の朝、清少納言はのんびりと雪見を楽しんでいた。ぽつぽつと紅い花を咲かせた梅の木の枝に、雪が降り積もる様は、なんとも麗《うるわ》しい。

「ずっと眺めていても飽きないわね」

少納言は独り言《ご》ち、感嘆の息をつく。この世の汚れを消し去るかのような雪景色、早朝の清々《すがすが》しい空気が、心身を浄化してくれるようだ。梅の梢《こずえ》が微《かす》かに震え、雪をぽとりと落とすのも、また趣《おもむき》がある。

少納言は暫《しば》し見惚《みほ》れていたが、小さなくしゃみが出たので、御簾《みす》を下ろし、火桶《ひおけ》に身を寄せた。その傍《かたわ》らでは、小玉が丸まって、寝息を立てている。

火桶に白い手をかざして暖を取る。躰《からだ》が温《ぬく》もってくると、少納言は立ち上がって部屋を出た。台所を覗《のぞ》くと、鈴音《すずね》が既《すで》に料理を始めていた。

今日の朝食は、芹《せり》とスズナ（蕪《かぶ》）の粥《かゆ》だ。それに梅干しを載せながら、鈴音が微笑《ほほえ》む。

「この彩《いろど》り、如何《いかが》ですか。雪を被《かぶ》った梅の木を眺めながら、味わいましょうか」

「いいわね」

「準備いたします」

二人は笑みを交わし、湯気の立つ粥を運ぶ。御簾を再び上げ、雪が降る微かな音を聴きながら、熱い粥を味わう。

火桶の傍《そば》から離れなかった小玉も、欠伸《あくび》をしながら寄ってきた。粥は小玉の分も用意してある。鈴音が息を吹きかけて冷ましてあげると、小玉は嬉々として食べた。静かな朝、小玉の愛らしい啼《な》き声が、小さな邸《やしき》に響いた。

その日の夕刻前、検非違使《けびいし》の柳原据継《すえつぐ》が吉平に代わって、源氏物語の新作を届けてくれた。

据継は、鈴音が出したお茶と柚子菓子に舌鼓《したつづみ》を打ち、帰っていった。

その後で、少納言は高燈台の灯りの中、新作に目を通した。

第十四帖の《澪標《みおつくし》》は、光源氏が齢《よわい》二十八の十月から齢二十九の冬の間の話だ。

光源氏が陥《おとしい》れられて流された須磨《すま》から都に返り咲き、右大将から大納言へ昇進する。藤壺との不義の子である東宮が帝《みかど》として即位すると、源氏は内大臣に昇進し、住吉神社への煌《きら》びやかな参詣《さんけい》をする。

また紫の上が、光源氏の須磨での女御だった明石《あかし》の君に嫉妬《しっと》をしたり、六条御息所《ろくじょうのみやすどころ》の死が描かれるなど、その展開はますます脂《あぶら》が乗ってきている。

――もう十四帖になるのね。

少納言は溜息《ためいき》をつき、長い黒髪に指を絡ませた。


それからほどなくして、早咲きの桜がちらほらと見え始めた頃、今度は吉平が少納言を訪ねてきた。鐘が三つ鳴り響いた未三刻（午後二時）だった。

吉平の険《けわ》しい面持ちから、少納言は胸騒ぎを覚える。

鈴音がお茶と柑子《こうじ》（蜜柑《みかん》）を運んできて、すぐに下がった。吉平がいつもと少し違う様子なので、賢い鈴音は何かを察したのだろう。よけいなことは何も言わなかった。

少納言は吉平と向かい合う。お茶を一口飲み、吉平は厳しい顔つきで口を開いた。

「花山《かざん》法皇が撲殺《ぼくさつ》されたのだ。……それも伊周《これちか》様の邸《やしき》のすぐ傍で。今朝発見されたが、恐らくは昨夜のことだ」

少納言は目を見開き、言葉を失った。花山法皇といえば、冷泉《れいぜい》上皇の第一皇子で、第六十五代天皇だ。

ちなみに法皇とは、表向きには、出家した上皇のことである。上皇とは、退位した天皇のことであり、太上《だいじょう》天皇とも言われる。

住吉神社へ参詣した花山法皇が戻ってきてすぐに、伊周の邸の傍で撲殺されたという。

少納言に、吉平は状況を語った。

「花山法皇は網代車《あじろぐるま》から転がり落ちていた。牛飼童《うしかいのわらわ》も傍《かたわ》らで撲殺されていて、牛も殺されていた。血まみれで酷《むご》いものだったらしい。おまけに網代車の前簾《まえすだれ》や屋形上《うわ》葺《ぶき》、袖《そで》などまでが剝《は》がされ、軛《くびき》など車の部位も所々なくなっており、車ごと破壊されていた。花山法皇が召していたものも奪われ、身包《みぐる》み剝《は》がされた状態だったそうだ」

少納言は乾いた喉をお茶で潤《うるお》した。今は如月《きさらぎ》の初め。昨夜は底冷えし、雪が降っていた。

「網代車で出ていたということは、お忍び？」

「そうだろうな。法皇であれば、本来は唐廂車《からびさしのくるま》で外出すべきだ。車副《くるまぞえ》だって八人はつく。それが私でも使うような網代車で、供は牛飼童のみだったというならば、お忍びで向かったとしか思えぬ」

「ならば花山法皇のこと、女性のところに向かう途中だったのでは」

「うむ。そこで検非違使たちは、こう疑っているようだ。伊周様が、色好みの花山法皇に女を紹介するふりをして呼び出し、殺《あや》めたのではないかと。花山法皇と伊周様の経緯を皆知っているがゆえに、どうしても疑いの目で見てしまうのだろう。車ごと破壊するなど、強い恨《うら》みも感じる」

花山法皇が住んでいた花山院は大内裏の外の、左京一条四坊三町にあり、伊周の邸の二条第は左京三条三坊十町にある。

二人の住まいはさほど離れておらず、このような状況ならば伊周が疑われるのも仕方がないと、少納言も思う。だが、検非違使たちは、伊周をまだ引き立ててはいないようだ。いくらかつての勢いはないとは言っても、伊周は、定子が遺した敦康《あつやす》親王の外伯父《がいはくふ》だからだ。彰子はまだ子供を産んでいないので、敦康親王も将来の天皇の候補として有力なのである。

少納言は呟《つぶや》くように言った。

「伊周様ならば、検非違使たちも遠慮するわね」

「だが、証《あかし》が固まれば、伊周様でも捕らえられるだろう。相手は花山法皇だ」

花山法皇と藤原伊周の因縁は、十年以上も前に遡《さかのぼ》る。長徳二年（九九六）に起きた、いわゆる長徳の変だ。

正月十六日、太政大臣藤原為光《ためみつ》の四女のもとに通う花山法皇を、自分の思い人の為光三女が目当てと誤解した伊周が、弟の隆家と謀《はか》って道すがら待ち伏せた。そして従者に矢を放たせ、法皇の袖を突き通したのだ。公家間の暴力事件は決して珍しくはないが、退位したとは言え天皇に向けて矢を射掛けたという事件は問題となった。その後、伊周は降格されたが、今年の正月からは准大臣になっている。

伊周も伊周だが、花山法皇も相当な人物であったのは確かだ。女癖が悪く、若い頃から顰蹙《ひんしゅく》を買っていた。

伊周のことについては、少納言も胸を痛めたものだ。定子の兄である伊周の貴公子然とした姿を、少納言は枕草子に繰り返し書いた。少納言は定子を心から敬愛し、伊周にも目をかけてもらっていた。少納言は、兄妹の栄華《えいが》と凋落《ちょうらく》を目の当たりにしているのだ。それでも枕草子には、栄華しか書かなかったが。

「伊周様は確かに感情の起伏が激しいところはあるけれど、撲殺するような御方ではないはず。……誰かが、罠《わな》を仕掛けて、伊周様に疑いがかかるように仕向けたのでは」

吉平が少納言を見つめる。少納言は長い髪に指を絡ませた。

「花山法皇がいくら女性をお好きといっても、かつて自分に矢を向けた伊周様の甘言《かんげん》に乗るかしら」

吉平は腕を組んだ。

「そう言われてみれば、そうかもしれぬ。いくら色好みといえども、そこまで愚かではなかろう。すると……法皇は別の何者かによって、伊周様の邸のほうへと導かれたというのか」

少納言は少し考え、言った。

「伊周様の邸へ向かわせたのが誰かはともかく、法皇を襲ったのは、群盗の仕業《しわざ》のように思えるわ」

「群盗？　どうしてそう思うのだ」

「だって法皇は身包み剝がされていたのでしょう？　網代車だって破壊されて、前簾や屋形上葺などを剝がされ、轅なども奪われていたのよね。法王の召し物も、それらの車の部位も、すべて高値で売れるものだわ」

「うむ。言われてみれば」

平安京は治安がよかった訳ではなく、群盗と呼ばれる盗賊集団が荒らし回っていた。上級公家である公卿の邸が狙われることも、よくあったのだ。検非違使だけでは人手が足りず、取り締まることがなかなかできずに野放し状態になってしまっている。群盗には実は周辺の豪族などが多く、なんと公家たちの中にも盗賊行為をしている者もいた。

ちなみに少納言の邸の生垣に枸橘《からたち》を使っているのは、花が美しいということもあるが、怪しい者の侵入を防ぐためでもある。枸橘の枝には鋭い棘《とげ》がいくつもあり、それが役に立ってくれるのだ。

「では法皇は懇意の女のもとへ向かおうとして道に迷い、どういう訳か伊周様の邸のほうへ行ってしまったところ、群盗に狙われたというのか」

「ええ。……どうして迷ったかが、気に懸かるけれど」

少納言は火箸《ひばし》を持ち、火桶に炭を継ぎ足す。吉平が言った。

「襲ったのは群盗として、伊周様の邸の近くで襲わせるように仕向けたのは、いったい誰だろう」

「吉平様は誰だと思うの」

吉平は苦々《にがにが》しい顔をした。

「まさか、また謎の僧侶らしき男だというのか。今回は別の者と思いたいが」

「このようなことも考えられないかしら……道長様では」

道長と伊周の因縁が未《いま》だに続いているであろうことは想像に難くない。道長が、花山法皇殺しの罪を伊周に被せようと謀ったとしてもおかしくはなかった。

吉平は腕を組み、眉根を寄せた。

「道長様か。あり得なくはないが、貴女のその勘働き、あまり当たっていてほしくはない」

「あら、どうして」

「叔父《おじ》が甥《おい》をそこまで陥《おとしい》れようとするのは、あまりに悲しいではないか」

吉平は溜息をつき、寂《さび》しげな顔をする。吉平を眺めながら、少納言は話を変えた。

「まあ、確かに、私の勘働きがいつも正しいとは限らないわ。……ところで、法皇が通っていた女性とは、いったい誰だったのかしら」

「そのあたりは、検非違使たちが今、必死で探っている」

「あら、あの方々なら、突き止めるのに時間を要しそうね」

「また憎まれ口を」

吉平は少納言を睨《にら》んだ。

火桶に手をかざしながら、花山法皇の数々の好色話を思い出し、少納言はしみじみと言った。

「娍子《せいし》様は花山法皇に入内《じゅだい》なさらなくて、本当によろしかったわ」

東宮妃である娍子は、かつて、花山法皇が天皇だった時に入内を請われていたのだ。それを娍子の父が断り、花山天皇の弟の居貞《おきさだ》親王に入内させた。花山天皇と居貞親王の父である冷泉上皇も奇行が多いと噂される人物で、花山天皇もその気質を受け継いでいたが、居貞親王はまともであった。その居貞親王へ入内させた娍子の父は、よい判断をしたということだろう。

吉平も大きく頷《うなず》いた。

「なにせ花山法皇は、かつて同じ時期に母と娘の両方を妾にして、同じ時期に男子を産ませた男だからな。その二人の子は、それぞれ母腹宮、娘腹宮と、からかわれたものだ」

「伊周様との騒動の時も、かつての女御《にょうご》だった忯子《しし》様の妹御のところに通っていたのよね。母と娘、姉と妹、すべて愛しいとは……」

少納言は呆《あき》れたように言いつつ、面持ちを強張《こわば》らせた。吉平が訊ねた。

「どうした。何か思い当たったか」

少納言は少し掠《かす》れる声で答えた。

「もしや、花山法皇が通っていた女性は、娍子様の妹御の香子様だったのではないかしら」

花山法皇は、母と娘、姉と妹の両方を愛でるような男なのだ。ならば、かつて思いを寄せていた女性の妹に執着《しゅうじゃく》したとしても、おかしくはない。

目を剝《む》く吉平に、少納言は推測を語った。

「出戻った香子様は、姉上様の庇護にありながらもいろいろと肩身が狭くて、花山法皇に言い寄られて、ついふらりとしてしまったのかもしれないわ。花山法皇は変わり者といっても、天皇まで務められた御方。香子様も、後ろ盾にするには悪くはないと思っても不思議ではない」

「香子様か。……あり得るが、本当にそうだろうか。娍子様は仮にも東宮妃だ。その妹に、いくらなんでも容易に手を出せるものなのか」

「香子様は、姉上様の娍子様のもとで暮らしていらっしゃるのかしら」

「いや、それは違うようだ。出戻られた香子様の気持ちを慮《おもんぱか》って、娍子様は小さな邸に住まわせている。宮中で過ごせば、いろいろな噂や陰口が耳に入ってきて、香子様も辛いであろうからな」

香子は、いつもは娍子のいる宣耀殿《せんようでん》に出仕して、娍子やその皇子や皇女たちの世話をしているようだ。通いで勤めているのであろう。

「そうなのね。娍子様は本当にお優しくていらっしゃるわ。……でも、大内裏の外で、姉君と別々に暮らしているのならば、花山法皇だってつけ入る隙《すき》はあったのではないかしら」

「うむ」

吉平は言葉を失い、顎《あご》を撫《な》でる。少納言はさらに勘を働かせ、手を打った。

「すると、花山法皇を襲うように群盗にそそのかしたのは……香子様と親しかったという僧侶の、宗覚《そうかく》が怪しいとも考えられるわね。もちろん、道長様も怪しいけれど」

「何故《なぜ》だ」

「宗覚は、香子様の悩みを聞いているうちに、花山法皇に対して強い怒りを抱いた。このような者は死んだほうがいいのだと勝手に判断し、群盗を使って、そうなるように仕向けたのでは」

「では香子様は、花山法皇を受け入れてはいたが、実のところは嫌がっていたというのか」

「そういうことね」

「何故だろう。法皇がしつこかったからだろうか」

少納言は脇息にもたれ、目を泳がせた。

「それもあるだろうけれど……そのあたりは、まだ分からないわ。もしかしたら、法皇に何か弱みを握られて、それで渋々受け入れていたのかもしれないわね」

「うむ。法皇と香子様の関わり合いについて、まだ何も分からぬのだから、まずはそのあたりを据継たちに探ってもらおう。それで仮に、香子様を守るために宗覚が群盗に法皇を襲わせたのだったとしたら、だ。宗覚は伊周様にも何かの恨みを抱いていたのかもしれない。花山法皇の殺害の疑いが、伊周様にかかるように仕向けたのだから」

「さて、どうかしら」

少納言は考え込んでしまう。宗覚という僧侶に伊周が恨まれる訳が、思いつかない。

吉平が言った。

「伊周様も、もしや香子様に何か手荒な真似をなさったのだろうか」

少納言の顔が曇る。

「あり得るかもしれないけれど……そのようなこと、信じたくはないわ」

胸のざわめきを抑えつつ、少納言は話を変えた。

「ところで、香子様はどのあたりにお住まいなのか、知っているの」

「大内裏とそれほど離れていない、一条大路のほうの小さな邸に住んでいるはずだ」

「花山院ともそれほど遠くないわね。私の勘が正しければ……恐らく法皇は、そこへ向かおうとしていたはずよ。ならば何故、反対のほうにある伊周様の邸のほうへと進んでしまったのかしら」

雪が降る、闇の中で起きたことだ。多くの者たちは、物の怪《け》の仕業《しわざ》と考えるだろう。

だが少納言は、そのようなものはあまり信じていなかった。

――きっと、何か仕掛けられていたはず。

少納言は、法皇が道を誤ってしまった訳を、どうしても自分の目で確かめたかった。

居《い》ても立っても居られない思いで、少納言は立ち上がった。

「これから、花山法皇が殺《あや》められた現場を見て、伊周様に会ってくるわ」

吉平は目を見開き、言葉を失う。少納言の行動力に、またしても愕然《がくぜん》としたようだ。

少納言は、近頃は邸でも、平民の女のように動きやすい恰好《かっこう》をしている。小袖《こそで》と褶《しびら》の上に瑠璃《るり》色の小袿《こうちき》を二枚重ね、髪を後ろで束ねただけで、颯爽《さっそう》と邸を出ていく。

「おい、ちょっと待て」

「吉平様の車、使わせてもらうわね」

意気込む少納言を、吉平が慌《あわ》てて追いかけてくる。

「少納言様、お気をつけていってらっしゃいませ」

鈴音は小玉を抱きながら、笑みを浮かべて見送った。

二

前と同じく羅城門跡から平安京の中に入り、朱雀大路《すざくおおじ》を真っすぐに進んだ。網代車の屋形の中、少納言と吉平は隣り合って揺られる。澄ました顔の少納言を、吉平は溜息混じりで眺めていた。

雪はやんでいるが、曇り空で肌寒い日だ。大内裏の傍の堀河院の近くで、少納言は声を上げた。

「このあたりで降ろして。あとは歩いていくわ」

「何故？　法皇が殺された場所までは、もう少しあるが」

少納言は吉平に微笑んだ。

「だって、そこへ車で乗り込んでいったりしたら、法皇が乗っていた車の大輪《おおわ》の跡がよく分からなくなってしまうじゃない」

「ふむ」

「このお天気ならば雪は融《と》け切らず、道はぬかるんでいるでしょう？　法皇が乗っていた車の大輪の跡は、まだ消えていないはずよ。消えぬうちにその跡を確かめたくて、急いで出てきたのだもの」

「なるほど。では、伊周様の邸の二条第《にじょうだい》あたりまで、歩くとするか。……しかし、大丈夫か？　その恰好で」

「平気よ。丈《たけ》の短い小袿《こうちき》だから」

少納言は壺装束《つぼしょうぞく》のように器用に小袿を絡《から》げ、網代車から降り、地を踏んだ。思ったとおり、道はまだぬかるんでいる。陰陽寮《おんみょうりょう》の者が打ち鳴らす、申二刻（午後三時半頃）を告げる鐘の音が響いた。暗くならぬうちに済まそうと、二人は白い息を吐きながら、急ぐ。

伊周の邸の近くの現場には、検非違使が数人集まっていた。花山法皇と牛飼童の骸《むくろ》は既に運ばれていたが、残雪は赤く染まっている。

少納言は軽く身震いしつつ、薄《うっす》らと残る大輪の跡を確かめた。吉平とともに身を屈《かが》めて見ていると、据継が近づいてきた。

「少納言の君、このようなところまでお出向きいただき恐れ入ります」

「真実を知りたく、見にきてしまいました。このような私のこと、吉平様は疎《うと》ましく思っていらっしゃるみたいですが」

吉平は少納言を横目で見て、咳払《せきばら》いをした。

「そのようなことはない。ただ、驚き、呆れているだけだ」

「ますます驚かせてみたくなりますわ」

「いと恐ろしや」

吉平が肩を竦《すく》めると、据継が思わず笑い声を上げた。陰惨な現場の空気が、少し和《やわ》らぐ。

少納言を眺めながら、検非違使たちが何かひそひそと話している。据継が言った。

「失礼をお許しください。少納言の君は、好奇心と行動力に溢《あふ》れた謎解《なぞと》き女《め》として、噂されております」

「まあ、謎解き女とは、嬉しいですわ。失礼だなんてこと、ちっともございません」

少納言が得意げに顎を上げると、吉平は苦々《にがにが》しい顔になった。

「あまり褒《ほ》めると、ますます付け上がって暴挙に出るから、据継、大概《たいがい》にしておけ」

少納言は吉平を睨《にら》んだ。

「吉平様、憎まれ口を」

「いつも私が貴女に憎まれ口を叩《たた》かれているのだから、たまにはよかろう」

「仕返しなさったと？」

「うむ。貴女にしたのだから、いつかは倍以上になって返ってくることは覚悟している」

「ほほ。甘いですわ。十倍以上です」

二人の遣《や》り取りを、据継は笑いを噛み殺しながら聞いている。少納言は咳払いをして、据継に訊ねた。

「ところで、車を曳《ひ》いていた牛飼童は、いくつぐらいだったのでしょう」

「齢《よわい》四十ほどの、手練《てだ》れた従者のようでした」

少納言は首を傾げた。

──年若い不慣れな牛飼童ならば迷ってしまうこともあるでしょうが、慣れた者が迷うことなど果たして本当にあるかしら。

自分の推測に対して、疑問が頭を擡《もた》げてくる。

「花山法皇は身包《みぐる》みはがされていたと聞きましたけれど」

「はい。どのような恨みがあるのか分かりませんが、酷いものでした。全裸にまでして。これでは冒瀆《ぼうとく》です」

少納言は二条第に目をやりつつ、訊ねた。

「それで……やはり伊周様が疑われているのでしょうか」

「この状況ならば仕方がないでしょう」

「さようですね」

少納言は肩を落とすも、やる気を燃え立たせる。

――ならば、伊周様の疑いが晴れるよう、真実を突き止めなければ。

据継は佐《すけ》に呼ばれ、任務に戻っていった。据継の後ろ姿を眺めながら、吉平は少納言に言った。

「据継は女房たちに人気があるんだ。今の女たちは、ああいう優男《やさおとこ》を好むようだな」

「鈴音もなんだか、据継様に興味を持っているみたいよ」

「なに、そうなのか。据継も隅《すみ》に置けぬが、鈴音も実に大人びている。まあ、貴女の傍にいれば、畢竟《ひっきょう》そうなってしまうのか」

「さて、どうかしら。あの子はもともと賢いから、成長が早いのかもしれないわね」

少納言は吉平を見つめた。

「それより、早く大輪の跡を確かめましょう。そのためにここへ来たのだもの」

「ああ、そうだな。……花山法皇を乗せた車は、こちらのほうから来たみたいだ」

吉平が指を差す。少納言は裾《すそ》が汚れることも構わず、ぬかるむ道を大輪の跡に沿ってどんどん進んでいく。

花山法皇の牛車はどのようにして伊周の邸の傍に着いたのか、逆から辿《たど》っていった。

すると、少納言は不思議なことに気づいた。平安京の碁盤目《ごばんのめ》のような道は、真っすぐに進んで然《しか》るべきところで曲がってまた真っすぐに進めば、難なく目的地に辿り着くことができる。

それなのに、花山法皇を乗せていた網代車は、至る所で曲がっていたのだ。それは吉平も気づいたようだった。

「法皇の供をするぐらいならば、道に慣れた牛飼童だったろうに、どうして」

「あちこちで曲がって、わざと遠回りをしているようね」

「雪が降る、寒く暗い闇の中で、迷ってしまったのか」

少納言は、大輪の跡を熱心に追っていく。

そしてある角を曲がる時、少納言はふと立ち止まった。何かの窪《くぼ》みのような跡が残っていたのだ。

少納言は屈《かが》み、泥が混じって汚れてきた残雪に触れながら、確かめる。そして、竹の切れ端《はし》を拾い上げた。それをじっくりと眺め、呟《つぶや》いた。

「なるほどね」

「何か気づいたか」

少納言は顔を上げ、微かな笑みを浮かべて吉平を見た。

「竹垣よ。あらゆるところに竹垣を立てて、道を塞《ふさ》いでいたんだわ」

吉平は目を見開く。少納言は竹の切れ端を吉平の掌《てのひら》に乗せ、推測を語った。

「竹垣で道を阻《はば》まれて、夜の闇の中で、よく見えずに迷ってしまい、辿り着いた先が伊周様の邸の傍だったのよ」

竹垣を作って、平安京の整然とした町を迷路にしてしまったという訳だ。

だが吉平は首を傾げた。

「本当にそのようなことができただろうか」

「竹垣は簡易なものであったと思うの。でも特にお忍びで動いていたのならば、牛車で突き飛ばすことは避けたかったでしょうし、竹垣を壊す時間もなかったのではないかしら」

「竹垣をよけて進むうちに、迷ってしまったという訳か」

「迷ったというよりも、竹垣の配置によって、伊周様の邸のほうへと向かわせられたというほうが正しいようね。……花山法皇はお忍びで馴染《なじみ》の女性のもとへ行こうとしていて、それを知っていた何者かが、花山法皇を殺め、その疑いを伊周様にかけるために、謀《はか》ったのね」

だが吉平はまだ腑《ふ》に落ちぬようだ。少納言は竹の切れ端を手に持ち、揺らした。

「これが証となるわ。ここ以外にもこのような切れ端が落ちていたら、私の説が恐らく正しいでしょう」

「うむ。竹垣を急いで立てて、急いで引き抜いたとすると、随分と力がある者の仕業《しわざ》だな」

「あるいは……数人でやったとも考えられるわ」

少納言と吉平は、大輪の跡を辿りながら、竹垣が立てられていたであろう跡を突き止めていった。

その跡は、法皇が住んでいた花山院の近くでは、左京一条二坊十五町にあった。屈んでよく探してみると、そこにも竹の切れ端が落ちていた。

少納言は白い手を汚しながら、泥の中から切れ端を拾い上げた。それをじっと見つめて、目を瞬《しばたた》かせた。

「網代車はここで左に曲がってしまっているわね。ならば、本来は右に曲がるところではなかったのかしら」

右に行けば、一条院のほうへと向かう。

左京一条二坊十五町を右手に折れ、そのあたりを窺いながら気づいた。やはり、香子の邸の傍であった。

日が傾き、烏の啼《な》き声が聞こえてきた。

ぬかるむ道を戻りながら、吉平が訊ねた。

「伊周様に会いにいくのか」

「今日はよしておくわ。暗くなってきたし、昨日の今日だから、伊周様もお気持ちが張り詰めているはずだもの」

「うむ。日を改めたほうがよいかもしれぬ」

「検非違使たちの目もあるしね。あの中、伊周様の邸にずけずけと入っていくのは、さすがに気が引けるわ」

「ほう。貴女でも気が引けるということがあるのだな」

大袈裟《おおげさ》に驚く吉平を、少納言は軽く睨《にら》んだ。

網代車で東山月輪の邸に戻ってくる頃には、すっかり日が暮れていた。少納言と吉平は、車の中で語り合った。

「花山法皇が撲殺されたのは住吉神社への参詣《さんけい》の直後ということで、またも源氏物語第十四帖の《澪標《みおつくし》》の内容と一致するところがあり、不吉な噂が飛び交っている。源氏物語はやはり不幸を呼ぶ、呪われた話なのだ、と」

「それでも、式部の君は書き続けているのでしょう」

「うむ。式部の君は躊躇《ためら》ってもいるようだが、道長様は書かせ続けるだろう。周りから何と言われようが、一度決めたことはやり通す。それが道長様だからな」

少納言は苦笑しながら、心の中、思う。

――道長様はどうしても源氏物語を完成させたいようね。でも……呪われた話と噂されているにも拘《かかわ》らず、淡々と描き続ける式部の君も、少々気味が悪くもあるわ。この二人、いったい何を考えているのかしら。道長様が式部の君に源氏物語を書かせ続けたい、その訳は何だというの。

帝や彰子を楽しませるだけでなく、文化として遺したいという考えなのだろうが、それだけではないようにも思えてくるのだ。

少納言の胸に、疑問が頭を擡《もた》げる。

――もし、宗覚が裏で悪事を働いているとして、今までに起こしたことを故意に源氏物語と絡ませているのだとすれば、いったい何故なのかしら。

宗覚も、もしや紫式部や道長に何かの恨みがあるのだろうか。それとも、源氏物語という作品を目の仇《かたき》にしているのだろうか。

たとえば、少納言のような定子一派の残党の中には、源氏物語の人気を忌々《いまいま》しく思っている者もいるだろう。早く終わらせてやりたいと考えている者もいるかもしれない。そこで少納言は、知り得る定子一派を思い出してみたが、宗覚らしき僧侶にはやはり心当たりはない。

車に揺られながら、吉平が言った。

「宗覚を引き立てて話を聞ければよいのだが。どうにか捜し出すよう、据継に言っておこう」

「そうね。それが尤《もっと》もだと思うわ」

少納言は頷《うなず》いた。

吉平に邸に送ってもらうと、少納言は、源氏物語第十四帖の《澪標》をもう一度読み直した。

夜も更《ふ》けた頃、雨の音が聞こえてきた。少納言は《澪標》を閉じて耳を澄まし、物思いに耽《ふけ》った。

——これだけ長く続いて、道長様が後ろ盾ならば、源氏物語はきっと後世に残るかもしれないわ。

ふと、このような考えも過《よぎ》る。

——私の枕草子はどうなのかしら。

どうしてか吉平の顔が浮かび、不意に胸が痛んだ。

——吉平様に、いつかちゃんと謝りたい。

そのような思いが、少納言の心に広がっていく。雨の音は徐々に激しくなる。暫《しばら》くやみそうになかった。

三

翌日の朝には雨はすっかりあがり、晴れ渡った。暖かいので、少納言は自らの脚で伊周の邸へと赴いた。髪を束《たば》ねて市女笠《いちめがさ》を被《かぶ》り、単《ひとえ》に袿《うちき》を着重ね、袿は絡《から》げる。市女笠には麻で作られた布を垂《た》れ、緒太《おぶと》の草履《ぞうり》を履《は》いた、壺装束だ。壺装束とは公家の女性の外出姿である。

少納言はその姿で、颯爽《さっそう》と朱雀大路を歩いた。

都を見回すと、いろいろな者たちが行き交《か》っている。粗末な身なりの者もいれば、平民なりに着飾っている者もいる。七条大路に沿って立っている市は特に賑やかで、大きな笑い声が聞こえてきた。

決して治安はよくないが、宮中では見られないような活気がある。そしてその活気が、少納言の胸を弾ませるのだ。

少納言は京に戻ってからは、邸に引きこもっていることが多かったが、吉平が事件の話を持ち込むようになって、外に出るのが楽しくなった。謎を解き明かしていくうちに、従来の好奇心と探求心が、大いに刺激されたのだろう。

——どのようなことでも、自分の目で見て、確かめて、真実を知りたい。

そのような思いに突き動かされながら、少納言は大内裏の近くの二条第へと歩を進める。

今日は長く歩いていると微《かす》かに汗ばむほどの陽気だ。少納言は立ち止まり、竹筒を傾けて、水を一口飲む。出てくる時に、鈴音が持たせてくれたのだ。

喉《のど》が潤《うるお》うと、空の青さがいっそう鮮やかに映る。少納言は眩《まぶ》しげに目を細め、市女笠を被り直し、また歩き始めた。

二条第に着くと、まずは門番と一悶着《ひともんちゃく》があった。

「定子様にお仕えしていた清少納言です」

いくらそう言っても、門番は怪訝《けげん》そうに少納言を眺《なが》めるばかりで、なかなか信じてくれないのだ。

「本当に少納言の君だという証《あかし》はあるのだろうか」

「証と言われましても……。伊周《これちか》様にお目にかかれましたら、伊周様が、私が少納言であることを証してくださいます」

「……少しお待ちくだされ」

門番は首を傾げつつ、母屋へと向かっていった。

残された少納言は、門の前で、改めて二条第を眺めた。

――これほど豪華な寝殿造りは、久方ぶりに見るわ。

広い庭に造られた、橋が架かった大きな池に見惚《みほ》れていると、先ほどの門番が、家司と女房を連れて戻ってきた。その年配の二人に、少納言は覚えがあった。家司と女房は驚いたような声を上げた。

「少納言の君、久方ぶりでございます。お元気そうでいらっしゃいますな」

「京にお住まいでいらっしゃるとは伺っておりましたが」

自分だと認めてくれたことが嬉しく、少納言は笑みを浮かべた。

「都からは少し離れた、泉涌寺《せんにゅうじ》の近くで暮らしております。東山月輪ですわ」

東山と聞いて、家司と女房は顔を見合わせた。東山の鳥辺野《とりべの》には、定子の陵墓《りょうぼ》がある。亡《な》き定子への、少納言の思いが窺《うかが》われたのだろう、二人は改めて丁寧《ていねい》に辞儀をした。

少納言は寝殿へと通され、母屋の中で、伊周と数年ぶりに会うことが叶《かな》った。

久方ぶりに見た伊周は、老いと疲れが滲《にじ》み出ていた。敦康親王の外伯父といっても、あの華々しさは既に過去のものとなってしまったようだ。伊周に対して懐かしい思いよりも、痛々しい思いが勝る。

伊周は脇息にもたれながら、少納言を眺めた。

「元気そうではないか。相変わらず溌剌《はつらつ》としているな。今も棟世《むねよ》殿と一緒なのか」

「いいえ。別れましたわ。摂津から一人で戻って参りまして、父の別宅だった邸で暮らしております。邸といいましても、古ぼけた、草庵のような住まいですが」

「そうか。寂《さび》しくはないか」

少納言は、はっきりと答えた。

「寂しくはございません。今の暮らしは、私には合っておりますので。それに、同居している者もおりますし。都で拾った娘と、猫です。女三人の暮らしも、なかなかよいものですわ。あ……男もおりました。牛ですけれど」

少納言が微笑むと、伊周もつられて笑みを見せた。

「四人暮らしならば、なかなか賑やかで、楽しそうではないか。是非、その日々の徒《つれ》然《づれ》を、書き記してほしい」

「考えておきます」

「その、拾った娘というのはいくつぐらいなのだ」

「十一になります。しっかりしていて、可愛いんです。実の娘のようですわ」

「そうか。……だが、少納言の君が、捨て子を育てているとは意外だ。女房を務めている時は、公家以外は認めないといったような態度だったからな。平民の娘なのだろう」

「はい、さようでございます。でも公家の御子たちにも勝る聡明さですわ。鈴音というのですが、あの子に教えられることも、沢山ありますもの」

「ずいぶん丸くなったのだな」

「歳なのでしょう。いろいろな別れを経験して、考え方も変わって参りました。……人とは不思議なものです。華々しい暮らしをしている時には、傲岸《ごうがん》にもなってしまいますが、地味に暮らしておりますと、心も穏やかになって参ります」

伊周は少納言から目を逸《そ》らし、顎を撫でた。

「地味に生きることも悪くはないのだな。……私は、公卿の暮らしから、逃れられないが」

伊周の横顔は浮腫《むく》み、微かに青褪《あおざ》めている。少納言が返答に迷っていると、伊周は不意に、弱々しく笑った。

「花山法皇の件で、どうやら私が疑われてしまっているようだ。少納言の君は、それで私を訪ねてきたのだろう」

少納言は伊周を見つめ、姿勢を正した。

「はい。私は、真の下手人《げしにん》を突き止めたいのです。そのためにもお話をお伺いしたく、参上いたしました」

少納言は伊周に、昨日の探索で摑んだことを伝えた。下手人は竹垣を要所要所に立てて道を塞《ふさ》ぎ、平安京を迷い路にして、法皇を乗せた網代車を伊周の邸のほうへと、意図的に向かわせたようだと。

伊周は瞬《まばた》きをするのも忘れて、少納言の推測に耳を傾ける。少納言は自分の考えをすべて話し、訊ねた。

「伊周様に罪をなすりつけようとしている者に、心当たりはございませんか」

伊周は唇の端を歪《ゆが》めて、笑った。

「それは……一番に思いつくのは、道長であろう」

伊周の答えは、少納言も頷《うなず》けるものだった。道長の娘の彰子は、中宮となったものの、入内九年目にしてまだ一人も御子《みこ》を産んでいない。彰子が皇子を産まない限り、結局は敦康親王が重んじられ、つまりは伊周も重んじられるからだ。道長にとって、今もなお、伊周及び敦康親王は邪魔なのだ。

少納言は、今回の事件について、宗覚が群盗に頼んで起こしたことだと直感している。もし道長も関わっているとすれば、裏で宗覚を操っている可能性も否定できない。

少納言は思い切って、伊周に訊ねてみた。

「宗覚という僧侶に心当たりはございませんでしょうか。法皇様の一件だけでなく、昨年の夏から宮中で起きている奇怪な事件に関わっていると思しき者です」

「あの、源氏物語が絡んでいるといわれる、一連の事件か」

「さようでございます」

伊周は苦々しい面持ちで答えた。

「宗覚という者には、まったく心当たりはない。道長がその者を使って、わざと騒ぎを起こしているのではないか？　源氏物語を話題にするために。あいつなら、やりかねん」

伊周の捻った推測に、少納言は苦い笑みを浮かべる。同じようなことを、少納言も漠然と考えたことはあった。

伊周の顔色を窺いながら、少納言はさらに、はっきりと訊ねてみた。

「ところで伊周様は、娍子《せいし》様の妹御であられる香子様とは、深い仲でいらっしゃったのでしょうか」

すると伊周は、別に気分を害した様子もなく、淡々と答えた。

「香子様とは、話したことも殆《ほとん》どない。わざわざ娍子様の妹御を口説こうとは思わんよ」

伊周の言葉に嘘はあるように思えず、少納言もそれ以上は訊ねなかった。

伊周は疲れている様子だったので、少納言は長居《ながい》せずに暇《いとま》することにした。去り際に、伊周は少納言に声をかけた。

「会えて嬉しかった。今度は私が訪ねよう。定子の墓を参った後に」

「お待ち申し上げております。私も伊周様にお目にかかれて、まことに嬉しゅうございました」

少納言の言葉に、伊周は何度も頷く。その目には、涙が薄《うっす》ら光っているように見えた。

市女笠を深く被り、少納言は二条第を後にした。

四

その夜、吉平に仕えている家人が、文を届けにきた。

高燈台が灯《とも》る部屋で、少納言は鈴音が作ってくれた鯉《こい》の煮つけと酒を味わいつつ、文をじっくりと読んだ。それには、このようなことが書かれていた。

花山法皇が通っていた女はやはり香子で間違いなかった、据継たちが突き止めたようだ、と。

その香子は、花山法皇の死に衝撃を受けているらしく、体調が優れず臥《ふ》せているという。宗覚も近頃は香子のもとを訪れておらず、姿を見せないようだ。入念な調べによって、宗覚がいるのは祇園社《ぎおんしゃ》だと分かったが、延暦寺《えんりゃくじ》の配下ゆえ、検非違使も容易には乗り込めないらしい。

少納言は盃を傾けながら、思った。

――一番初めの事件から今回まで、僧侶の影がどこかにあったわ。一番目も二番目も、実際に手を下した者が捕まったけれど、彼らの証言にあった僧侶らしき男のことは有耶無耶《うやむや》になっていた。でも、もし宗覚がすべての事件に関わっていたとしたら、一番初めの堀河兄弟をどうして嵌《は》めたのでしょう。考えられるのは、女好きの堀河兄弟が香子様にしつこく迫ってきて、香子様がついに耐えきれなくなったからかしら。

あの時に捕まった孫助は、僧侶らしき男に、確かこのようなことを教えてもらったと言っていた。堀河は兄弟で、ある女性を脅かしていたと。では堀河兄弟が脅かしていた女性とは、香子のことだったのだろうか。すると香子は、何か脅かされるような秘密を持っていたということなのか。

三番目の花山法皇にも、もしや香子は何かの秘密を握られていて、それで断れなかったのだろうか。宗覚は、香子のそのような苦痛を慮《おもんばか》って、群盗に法皇を襲わせたのか。

すると二番目の、道長側の女房だった命婦《みょうぶ》の君《きみ》も、香子を脅かしていたのだろうか。

一連の事件は、源氏物語と連動して起きているのが特徴だ。

それは、道長一派への嫌がらせとも考えられる。もし、宗覚だけでなく香子も事件に関わっているとすれば、それも頷《うなず》けるのだ。香子は出戻った後、姉の娍子《せいし》がいる宣耀殿に出仕し、つまりは東宮家に出入りしているのだから。

次々代の天皇の座を巡って、水面下で争いが起きているであろうことを、少納言は察していた。

次の天皇には、東宮である居貞親王が即位することはほぼ確定しているが、その次はまだはっきりとは決まっていない。

順当にいけば、居貞親王と娍子の第一皇子である敦明《あつあきら》親王になるだろう。

一方、藤原伊周は、是非とも、定子が遺した敦康親王を天皇に即位させたいと考えているに違いない。伊周のことだ、一刻も早く、幼くても敦康を即位させ、自分が外伯父として実権を握りたくて堪《たま》らないだろう。叔父である道長に痛い目に遭わされ続けた伊周が、敦康を盾に華々しく返り咲きたいと熱望しているであろうことは、容易に察しがつく。

ここ数年、天皇には、冷泉《れいぜい》天皇系と円融《えんゆう》天皇系が、交互に即位している。その順番でいけば、次々代の天皇は円融系となるので、帝と定子の皇子である敦康親王が即位する可能性は高いのだが、順番が決まっている訳ではないので、決して油断はできない。

立太子や即位の年齢を考えると、定子の皇子の敦康親王よりも、娍子の皇子である敦明親王のほうが相応《ふさわ》しいからだ。

そして、もしこの先、彰子が帝の皇子を産んだ場合、さらに争いが激化してくる。亡き定子が産んだ敦康親王が見向きもされなくなることもあり得るのだ。伊周にしてみれば、それはなんとしてでも避けたいところで、戦々恐々としているだろう。

いずれにせよ、道長一派、伊周一派、東宮家は、互いに油断ならないに違いない。

少納言は考えを巡らせつつ、吉平からの文を何度も読み返す。疑念が頭を擡《もた》げた。

——宗覚は、本当にまだ祇園社《ぎおんしゃ》にいるのかしら。

今まで捕まった孫助や比良の証言によると、宗覚はいろいろなところに出没しているようだ。孫助が連れていかれた、堀河兄の骸《むくろ》が寝かされていた場所は、右京の外れの桂川に近い荒れ寺だった。宗覚は、堀河兄に接近するため、賭場にも出入りしていただろう。そして、比良が声をかけられたところは、西市だった。祇園社にいながら、それほど動けるものなのだろうか。

少納言は、香子のもとも訪れなくなったという宗覚の行方が気になって仕方がない。

文を持ってきた家人によると、吉平は忙しいようだが、少納言はそのことを訊《き》きに再び訪ねてみるつもりだった。

五

翌日、少納言は鈴音に牛飼童を頼み、房丸に車を引いてもらって、またも吉平の邸に向かった。

二度目の訪問なので、吉平はさほど驚いた様子もなく、少納言を迎え入れた。少納言は一礼して、包みを差し出した。

その香りを吸い込み、吉平は目を瞬《しばた》かせた。

「これは……もしや餅餤ではないか」

「さすが吉平様、匂いだけでお分かりになるのね」

「食べてもいいか」

「もちろんよ。そのつもりでお持ちしたのだもの」

吉平は包みを速やかに開け、餅餤を頬張《ほおば》り、相好《そうごう》を崩した。その面持ちを眺め、少納言にも笑みが浮かぶ。自分が作ったものを喜んで食べてもらえると、やはり嬉しいものだ。

「吉平様、餅餤が本当にお好きなのね」

「うむ。実は、亡き母君がよく作ってくれたのだ」

「そうだったの」

　少納言はそっと目を伏せた。

「それが旨《うま》くて、今も忘れられん味なのだよ。少納言の君が作ってくれる餅餤は、その母君の味にどこか似ているのだ」

「お母君、お優しい方だったのね。そのご性分を、吉平様は受け継がれたのでしょう」

　吉平は餅餤を味わいながら、頰を少し掻《か》いた。

「そう言ってもらえると嬉しいが、母君は結構怖いところもあったぞ。小さい頃は、よく尻を叩かれたものだ」

「それは吉平様が、お母君の言うことをお聞きにならなかったからでしょう？」

「まあ、そうだな」

　少納言は吉平と微笑み合う。

侍女が少納言に、お茶と粽《ちまき》を運んでくる。粽は、米粉を練って真菰《まこも》の葉や葦《よし》の葉で包み、蒸す、あるいは茹《ゆ》でて作る。爽《さわ》やかな葉の香りが移った粽に、少納言は目を細めた。

舌鼓《したつづみ》を打ちつつ、少納言は吉平に話しかけた。

「吉平様、お仕事がお忙しいようね。ご迷惑ではなかったかしら」

「迷惑ということはない。もう慣れた」

「まあ」

少納言は唇を尖らせる。吉平はすぐに付け加えた。

「これほど旨い餅餤を馳走になれれば、突然の訪問も大歓迎だ」

少納言の面持ちが和《やわ》らぐ。

「ご多用の折に、いろいろ訊ねたり、頼んだりして悪いわね」

「気にすることはない。仕事においては、弟に命じられれば、仕方がないからな。私は異能がある訳でもないから、雑用をすべて任されるので、まあ、慌《あわ》ただしいのだ」

少納言は黙って吉平の話を聞く。吉平は三つ目の餅餤を味わいながら、苦笑した。

「私の取り得といえば、食うことぐらいだ。しかし、どうしてこうも弟と違い、父君の異能を受け継がなかったのか。自分でも情けない。いつまで経っても弟に頭が上がらぬ」

すると少納言は真摯《しんし》な面持ちで、姿勢を正した。

「ご自分でそのようなことを仰《おっしゃ》ってはいけません。弟君は弟君、吉平様は吉平様ですもの」

吉平は食べる手を止め、少納言を見る。少納言は続けた。

「吉平様は、しっかり務めていらっしゃるわ。私が宮中にいた頃、吉昌様が仰っていたことがあったの。兄君は、殺気立っている異能集団の陰陽師たちを、よく纏《まと》めてくれている、って。兄君が皆に気を遣《つか》ってくれるから、そのおかげで争い事も起きず、陰陽寮が和《なご》やかでいられる、って。……吉昌様、吉平様に感謝してらしたわ」

吉平はお茶を啜《すす》り、目尻を掻く。少納言は吉平を真っすぐに見た。

「吉平様は、お母君の優れたところを受け継いでいらっしゃるのだから、お父君の優れたところもきっと受け継いでいらっしゃるはず。もっと自信をお持ちになれば、この先、眠っていた異能を発揮できる時がくるかもしれないわ」

「眠っていた異能……」

吉平は、少納言の言葉を繰り返し、目を瞬かせる。少納言は頷いた。

「そうよ。吉平様、実は異能をお持ちなのよ。だって、吉平様が私のもとを訪れてくれるようになって、私、変わってきたもの。鈴音にも言われたわ。なんだか楽しそうで、明るい面持ちになった、って。前は億劫《おっくう》だったけれど、外に出るのも好ましくなったし。私という一人の女の心を変えたのだから、そのことだって充分、異能と呼べるわよ」

吉平は暫《しば》し黙っていたが、ぷふ、と笑みを漏らした。

「かつては宮中きっての才女と呼ばれ、高慢な女性の象徴だった貴女にそのようなことを言わせるなど……。なるほど、それが私の異能というならば、少しは自信を持ってもいいのかもしれぬ」

少納言も笑みを浮かべた。

「そうよ。吉平様は吉平様の異能をお持ちなのだわ」

吉平に述べたのは本心であったが、少納言はこれでようやく、罪滅ぼしができたような気がした。かつて悪気はなくとも吉平を父や弟と比べるようなことを言ってしまい、傷つけたことへの、だ。そしてその時、迂闊《うかつ》にも母まで引き合いに出してしまったことも、少納言は悔《く》やんでいたのだ。

少納言が吉平に対してそのような思いに至ったのは、自分と紫式部を比べて悩んだからだった。

いつかの雨の夜、少納言は考えを巡らせた。

物語を易々《やすやす》と書き続ける才能を持った紫式部と、自分を比べる者も、きっといるのだろう、と。すると胸が激しく痛んだ。吉平がさっき言ったように、定子に仕えている時は確かに、宮中きっての才女と謳《うた》われていた。だが、紫式部の書く才能は、自分より遥《はる》かに優れているのではないかと、少納言は薄ら気づいている。それゆえに、彼女と比べられることを想像するだけで、胸が苦しくなってくるのだ。

少納言は心をひりひりとさせながら、気づいた。吉平も、そのような思いをずっと胸に抱えていたのだろうと。悪気はなくとも、そこを無邪気に突いてしまった自分は、やはり罪深いことをしたのだと、少納言は深く反省したのだ。

少納言は、いつか吉平に謝りたいと思っていた。だが謝ることは、昔の話を蒸し返すことになり、吉平に再び嫌な思いをさせてしまうだろうという懸念もあった。それゆえ少納言は謝る代わりに、吉平を励ましたのだ。

圧倒的な才能を持つ者と比べられ、下に見られることの辛《つら》さ。それは紫式部という者が現れなければ、少納言には一生気づかぬ感情だったかもしれなかった。

吉平が餅餤をすべて平らげると、少納言はようやく切り出した。吉平からもらった文を読んで、察したことを、だ。吉平は神妙な面持ちで聞き、息をついた。

「なるほど。宗覚は、祇園社から既《すで》にいなくなっていると思うのか。ならばどのようにして日々の糧《かて》を得ているのだろう。博打《ばくち》だろうか」

少納言は長い黒髪を指で梳《す》き、目を光らせた。

「市に何かを売りにきていたかもしれないわ。たとえば……お酒とか」

この時代、酒は公家と僧侶以外は呑めない。それゆえそれを喉から手が出るほど欲している平民には、高値で売れるだろう。

「市で密《ひそ》かに捌《さば》いていたというのか」

「宗覚はお酒の造り方は分かっているでしょう。お酒は寺で造るものだし。米と麴《こうじ》と水があれば造れるから、寺を出ていても造ることはできるわ。市をよく探ってみるといいかもしれない。宗覚が売りにきていたことを摑《つか》めるかも」

「据継に伝えておこう。だが、宗覚が祇園社を既に去っているとして、どのあたりを塒《ねぐら》としているのだろう。それを早く摑まねば、逃がしてしまうやもしれぬ」

吉平はお茶を啜《すす》り、眉根を寄せる。

「香子様の邸は、検非違使《けびいし》たちが見張っているの？」

「うむ。交替でついている」

「ならば宗覚は、当分そこには近づかないでしょうね」

「やはり右京のほうだろうが、右京といっても広いからな。突き止めるには骨が折れそうだ」

　少納言は少し考え、訊ねた。

「宗覚は背が高くて痩せていたというけれど、身なりはどうだったのかしら。薄汚れていたのか。それとも、さっぱりとしていたのか」

「孫助や比良を取り調べた検非違使に訊いておこう。奴らが何か言っていたかもしれぬ」

「お願いするわ。宗覚から悪臭がしたかどうかも、できれば知りたいの」

　吉平は首を傾《かし》げた。

「悪臭とは、どういうことだ？」

「匂いがさほどなかったならば、水浴びや洗濯をこまめにしているということで、川の近くにいるのではないかと思うの。その反対ならば、川の傍《そば》にはいないような気がするわ。山の奥かもしれない」

「なるほど。訊いておこう」

「宗覚が市で売っていた物や、身なりなどについて何か分かったら、教えてね。そこから、宗覚が潜《ひそ》んでいそうなところを突き止められるかもしれないわ」

「それも承知した」

吉平と約束し、少納言が腰を上げようとしたところで、吉平が声をかけた。

「ご訪問、ありがたかった。餅餤もかたじけない。少納言の君が作る餅餤は、母君のそれを超えた。至上の旨《うま》さだ。馳走になった」

吉平の面持ちは、再会した頃より、ずっと柔和《にゅうわ》になっている。少納言は微笑みながら、頷《うなず》いた。


東山月輪の邸に戻り、部屋で寛《くつろ》いていると、鈴音が食事を運んできた。糸引き大豆に粉山椒《さんしょう》を散らしてご飯にかけ、湯を注いだ、湯漬けだ。

寒い夜、湯気の立つ椀を眺め、少納言は目尻を下げる。火桶にあたりながら、少納言と鈴音は向かい合ってゆっくりと味わった。静かな部屋に、湯漬けを啜る音が響く。

鈴音が不意に言った。

「少納言様、何か楽しいことがございましたか」

「さて、どうかしら。鈴音はどうしてそう思うの」

「だって少納言様、とても満足げなお顔でいらっしゃいますから」

「そうね。満ち足りた気分には違いないわ」

鈴音は円い目を瞬かせた。

「吉平様が少納言様をお褒《ほ》めになられたのでしょうか」

少納言は鈴音を見つめた。

「誰かに褒められる人より、誰かを褒めることができる人のほうが、幸せなのかもしれないわ」

鈴音はきょとんとした顔で、首を傾げる。少納言は微笑みながら、鈴音の小さな額を、そっと突いた。

「鈴音が作ってくれた湯漬け、とても美味《おい》しい。牛飼童もお疲れさまでした」

鈴音は愛らしい笑みを浮かべて、頷く。振り分け髪の結び目に飾った梅の花が、ふわりと香り立った。

小玉は部屋の片隅で、欠伸《あくび》をしていた。

六

翌日、少納言は再び壺装束の姿で、こっそりと香子の邸を見にいった。検非違使が少し離れたところで見張っていることに気づく。

香子は暫《しばら》く寝込んでいたようだが、出仕できるほどには回復したらしく、宮中から未三刻（午後二時）に戻ってきた。

牛車から降りる香子を、数年ぶりに遠目で見て、少納言は思った。

――気苦労なさったのね。若い頃の楚々《そそ》とした愛らしさは、薄れてしまったわ。でも、翳《かげ》りのある美しさでいらっしゃる。

香子はまだ躰が本調子ではないのだろう、窶《やつ》れてはいるが、麗しい雰囲気を漂わせている。少納言は香子を眺めながら、どうしてか、冬の朝に池に張った薄い氷を思い出した。今にも割れてしまいそうなほど脆《もろ》くて、それゆえに美しい。花山法皇が香子に執着《しゅうじゃく》した気持ちが、少納言には分かるような気がした。

香子の邸は小さいが、家人と侍女はいるようだった。

香子の姿を見届けると、少納言は速《すみ》やかに離れた。そして市にまで足を延ばし、若布とヒジキと、そろそろ足りなくなりそうな醬《ひしお》を手に入れた。宗覚のことを訊ね歩いてみたいとも思ったが、それは検非違使たちの仕事だと考え直し、控えた。

雨が降りそうなので、少納言は買ったものを布で包み、急いで帰った。今日の夕餉《ゆうげ》は、蕗《ふき》の薹《とう》とヒジキの煮物に、若布の吸い物にしようと考えながら。蕗も庭で育てているのだ。

それから数日が経ち、吉平が据継を伴って少納言のもとを訪れた。一緒に来たのは初めてだったので、鈴音は目を丸くしながらお茶を出した。

「少納言の君の勘働きがまたも当たったので、二人で礼を述べにきた」

吉平が頭を下げると、隣に座った据継もそれに倣《なら》った。

「検非違使たちで調べましたところ、宗覚らしき男が東市と西市に出入りして、物を売りつけていたことが分かりました。売っていたものは、やはり酒だったようです」

据継が報《しら》せると、少納言は嫣然《えんぜん》と笑みを浮かべた。

「手懸かりが摑めて参りましたね」

据継は頷《うなず》いた。

「平民の中にも酒を呑みたがる者は多く、密かに裏で取引されていたようです。ですが、宗覚がどこにいるかは、まだ摑めておりません。私とほかの検非違使で祇園社を訪ねてみたのですが、少納言の君が察せられたように、宗覚は既にいませんでした」

「いつ頃、姿を消したのでしょう」

「二月ほど前とのことです」

「潜んでいるのは平安京の中のように思いますが……」

少納言はうねる髪を指で梳《す》きながら、訊ねた。

「私が頼んだことについては、調べていただけましたか」

今度は吉平が答えた。

「まず宗覚の身なりだが、さっぱりとしていたようだ。薄汚れていて、悪臭が漂うなどということはなかったらしい。僧侶に特有の、護摩《ごま》で使う芥子《けし》の香りはしなかったそうだが、清らかな匂いがしたという。その身なりから、孫助や比良は、宗覚を信じてしまったのかもしれぬ。市で話を聞いた者たちも、同じようなことを言っていたそうだ」

「なるほどね。……それで宗覚は、お酒以外は売っていなかったのかしら」

「酒だけのようだが、二種売っていたらしい。一つは普通の酒。もう一つは、貴女がよく呑《の》んでいるクコ酒のような、色付きのものだ」

クコ酒は、酒にクコの実を漬け込んで作る。少納言は目を光らせた。

「どのような色だったのかしら」

「淡い黄緑色らしい。実を漬けたままのものを持ってきたこともあるらしく、青梅のように見えたが、本人は違うと言っていたという。得体の知れぬ酒だが、やけに旨かったようで、人気があったそうだ」

「青梅に似ていて、お酒に使えるような実なのね……。何かしら。吉平様はどう思う？」

吉平は腕を組み、目を瞑《つむ》って暫《しば》し考え、小さく呻《うめ》いた。

「なんだろう。分からんなあ」

「据継様は、如何《いかが》思われます？」

据継も目を泳がせ、首を傾げた。

「なんでしょう。見当がつきません」

少納言もすぐには思いつかず、考えを巡らせ、おもむろに口を開いた。

「その実が何かは、ひとまず置いておきましょうか。宗覚の塒《ねぐら》の近くには、無患子《むくろじ》の木があるように思います。無患子の実は、洗い物に使われますよね。宗覚はきっと無患子の実を使って、川で洗濯をしているのでは。だから寺を離れても、身綺麗にしていられたのでしょう」

洗い物に使うために、無患子の木を庭に植える公家も多い。据継が言った。

「ならば川も近いのでしょうか」

「そのように思います。近くに無患子の木があって、川が流れているところでは」

吉平は顎を撫でつつ、首を傾げる。

「しかし、手懸かりがそれだけでは、探すのは骨が折れるだろう」

「恐らくは右京の川の近くでは。宗覚が出没していたところや賭場の位置から考えて、七条大路より羅城門側に違いないわ。どう？　これでだいぶ絞《しぼ》れたのではないかしら」

据継は息をついた。

「そのあたりを検非違使たちで、一応探ってみます」

少納言は真剣な面持ちで、立ち上がった。

「今から私たちで、突き止めに参りましょう。早くしないと、逃げてしまうかもしれません」

少納言は小袖《こそで》に褶《しびら》を羽織り、腰布を結んだ姿で、髪を纏《まと》めながら、さっさと部屋を出ていく。吉平が叫んだ。

「おい、いい加減にしろ！　右京は、貴女が行くようなところではない」

「まことです。少納言の君、あまりに無謀な」

据継も続けて大声を出す。

左京と比べて治安が悪い右京は、貧しい者と盗賊たちの住処《すみか》となっている。整えられた左京と違って、危険の多さは段違いだ。

少納言は、吉平と据継を振り返った。

「あら、私、賭場にだって探りにいった女です。右京など、もはや少しも怖くはございません」

そして毅然《きぜん》と進んでいく。

「おい、ちょっと待て」

「お待ちください」

吉平と据継が揃って追いかけてきた。

七

少納言はまたも勝手に吉平の網代車に乗り込み、平安京へと向かった。

「まったく貴女という人は」

「驚かされます」

ぶつぶつ言う二人の傍《かたわ》らで、少納言は涼しい顔だ。ちなみに網代車には四人ほど乗れる。

塒《ねぐら》を見つけ出すのは難しいとも思えたが、少納言の推測に従えば、捜す範囲は限られてくる。右京の羅城門寄りで川の近くならば、そう広くはないと思えた。

平安京の右京側の隅である、九条大路と西京極大路が交差するところに車を止め、三人は降りて探し始めた。

このあたりは桂川が流れ、湿りけを帯びていて、草が生い茂った、まさに荒地の趣だ。少納言は足に泥がつくのも厭《いと》わずに、歩を進める。

それほど時間はかからないと思っていたが、無患子《むくろじ》の木を目印に探ってみるも、なかなか見つからない。少納言は段々と不安になってきた。

「間違えてしまったかしら」

吉平は額に手を当てた。

「まあ、もう少し探ってみよう」

据継が言った。

「分かれて探してもいいとは思うのですが。少納言の君と吉平様で、ここより右手を。私は左手を」

「そうするか。だが、見つけても、相手に気づかれてしまう恐れがあるから、大声は出せんな。どうやって報せ合うかだ」

少納言が意見した。

「そろそろ暮れてくるから、蠟燭《ろうそく》を持っていれば、その灯りで、互いにどこにいるか分かるのではないかしら」

「そうですね。蠟燭の灯りを目印にしましょう」

据継は大きく頷く。二手に分かれ、少納言は吉平と一緒に再び探し始めた。

まだ寒い時季だが、額に汗を滲《にじ》ませて、荒れた地を歩き回る。するとそれから半刻（およそ一時間）ほどで、無患子の木を見つけた。

そこに近づき、その傍に立っている木を眺め、少納言は声を上げた。

「獼猴桃《しらくち》の木だわ！　宗覚が造っていた色つきのお酒って、獼猴桃の実で作っていたのかもしれない。思い出したわ。宮中にいた頃、私も獼猴桃のお酒を一度呑んだことがあるけれど、美味しかったもの。確かに獼猴桃の実は、見様《みよう》によっては青梅に似ているわ」

「獼猴桃の酒か。俺は呑んだことがないぞ」

唇を尖らせる吉平を、少納言は宥《なだ》めた。

「今度、作ってあげるわ」

「本当か」

「ええ、実さえあれば作るのは簡単ですもの。お酒に漬けておくだけ」

「では今度、家の者に用意させておくので、持参しよう」

吉平の頬が緩《ゆる》んでいる。意識が完全に獼猴桃の酒にいってしまっているようだが、呑気《のんき》な話をしている場合ではない。

空には既に闇が広がり始め、烏の啼き声が喧《かまびす》しい。

それらの木の近くに建つ、伸び放題の雑草に囲まれた荒《あば》ら屋を指し、少納言は囁《ささや》いた。

「あそこが怪しいわ」

「そのような臭《にお》いがするな。よし、私が踏み込もう。貴女はここで待っていてくれ」

「あら、お供をさせてくれないの」

吉平は苦い笑みを浮かべた。

「さすがに、これ以上危険な真似はさせられない。頼むから少しおとなしくしていてくれ」

少納言は目を瞬かせた。吉平が、とても頼もしく見えたのだ。

「……分かったわ。吉平様、お気をつけて」

吉平は少納言に頷き、荒ら屋へと向かっていった。少納言は無患子《むくろじ》の木陰に身を寄せ、様子を窺《うかが》う。

吉平は荒ら屋を覗き込みながら、中へ入っていく。少納言は手で胸を押さえた。

——万が一のことがあったら。

そのような思いが込み上げ、柄にもなく鼓動が激しくなる。宗覚が荒ら屋の中に潜んでいて、乱闘になるとも限らない。

だが、いくら耳を澄ましても、怒鳴り合う声や、争う物音などは聞こえてこない。瞬きもせずに見張っていると、吉平が戻ってきた。

「どうだった？」

吉平は眉根を寄せ、首を横に振った。

「もぬけの殻《から》だ」

「ただ出かけているだけで、また戻ってくるのでは？」

「いや、それにしては何もなさ過ぎる。蠟燭を灯して、隅々まで調べてみるが」

「本当にここにいたかどうか、確かめてみなくては」

蠟燭を灯し、それを手に、今度は一緒に荒ら屋へと踏み込んだ。

中は綺麗に片付けられていた。このことから人が住んでいたと察せられたが、吉平が言ったように暮らしに必要な道具などが何もなく、やはり家主は去ってしまったと思われた。

少納言は熱心に探っていく。微かに酒の匂いが残っているのは、ここで造っていたからだろう。

床は地面となっており、その上に藁《わら》を編んだ筵《むしろ》が敷かれてあった。それを除《と》けてみると、掘ったような跡がある。吉平はいったん外に出て、草むらで見つけた頑丈そうな枝を持って、戻ってきた。そして蠟燭を少納言に渡すと、その枝で、掘り返し始めた。

少納言は両の手に蠟燭を持ち、照らす。地面から草花の根っこのようなものが現れ、少納言は目を瞠《みは》った。吉平はそれを摑んで、蠟燭の灯りにかざした。茶色いそれを、少納言はじっくりと見た。

「これは何かしら」

吉平は息を吞んだ。

「鳥兜《とりかぶと》の根かもしれぬ！　鳥兜を使って起こした事件が、以前、宮中であった。その時、没収した鳥兜を据継に見せてもらったが、それに似ている」

「もしそうならば、堀河様の兄を殺す時に、使ったのかもしれないわ。お酒に混ぜるなどして」

「後で、据継に渡そう」

吉平はそれを懐紙《かいし》に包んで、袂《たもと》に仕舞《しま》った。

それから吉平は蠟燭を掲げ、荒ら屋の周囲を探りにいった。声が聞こえてきて、少納言も荒ら屋を出た。吉平の近くに、据継もいる。蠟燭の灯りを手懸《てが》かりに、吉平を見つけたようだ。

川の近くで、二人が手招きをしている。闇の中、蠟燭をしっかりと持ち、少納言はぬかるむ地を歩いた。

「このようなものが見つかった。やはり荒ら屋にいたのは宗覚で間違いないだろう」

吉平に手渡されたものを蠟燭で照らし、少納言は息を呑んだ。それは書物であった。つい近頃話題となった、源氏物語第十四帖の《澪標《みおつくし》》。それが、破り捨てられていたのだった。

東山月輪へ送ってもらう車の中、吉平と据継は複雑な面持ちだった。吉平が溜息交じりに言った。

「宗覚が潜んでいたと思しき荒ら屋を突き止められたが、もう戻ってはこないだろうな」

「あそこには帰ってこないだろうけれど……宗覚はまだあの近くにいるのではないか

しら」

「どうしてそう思うのだ」

少納言は少し考え、答えた。

「宗覚は身を隠しながらも、香子様のことを、どこかで窺《うかが》っているような気がするの。すると、平安京から離れるということはないのではないかしら。そして身を隠すならば、やはり先ほどのような右京の荒れた地が、都合がよいでしょう。だから、まだ、あのあたりをうろうろしているのでは」

据継が申し出た。

「検非違使たちで交互に、あのあたりを暫《しばら》く見張ってみてもよいですが」

「頼もしいです。宗覚が見つからなくても、群盗は現れるかもしれません」

「宗覚があのあたりにいたとするならば、群盗の隠れ家も近いかもしれぬな」

吉平が相槌《あいづち》を打つと、少納言は頷《うなず》いた。

「荒ら屋のどこかから、盗まれた花山法皇の召し物や、車の部位などが見つかればいいのだけれど。それとも、もう、すべて売ってしまったかしら」

「あのあたりの荒ら屋、すべて探ってみます」

据継が力強く言う。少納言は微かな笑みを浮かべた。

「お願いいたします」

吉平は息をついた。

「だが、まだ宗覚があのあたりに留《とど》まっているとするなら、また何か起こす気なのだろうか。それとも香子様をただ窺っているだけなのか」

「これ以上、何も起きないことを願うわ」

少納言は胸に手を当て、物見から外を眺める。網代車《あじろぐるま》は、月明かりを浴びた木立の中を、悠々《ゆうゆう》と通り過ぎていった。

八

それから少し経って、柳原据継が少納言のもとを訪れてきた。吉平は近頃宿直《とのい》が多く、時間が取れないようだ。

据継は少納言に、丁寧に辞儀をした。

「またも少納言の君のおかげで、花山法皇を撲殺した群盗を見つけ出して、捕らえることができました」

据継は、検非違使たちが群盗を見つけ出した経緯を、少納言に詳しく語った。

あの右京の荒《あば》ら屋のあたりを見張っていたところ、荒くれ風の男が一人でやってきた。その男は、この前の荒ら屋とはまた別の荒ら屋で、寝泊まりを始めた。

男は閉じ籠《こも》っていたが、二日ほど経つと、荒ら屋を出て、どこかへと向かった。検非違使が密かに尾《つ》けていくと、男は市へ行って、高値のものを買うなどしている。どうもおかしいと思い、急いで戻り、荒ら屋へ忍び込んで探ってみたところ、花山法皇から盗んだと思われるものがいくつか見つかった。網代車の前簾《まえすだれ》などもあった。証《あかし》を摑んだので、捕まえたという訳だ。厳しく取り調べたところ、男は自白したという。

下手人が捕まり、少納言は安堵《あんど》した。

「今回は自信がなかったけれど、当たってよろしかったです。それで、その男は、どのような者だったのですか」

「はい。近江国《おうみのくに》を本拠とする豪族・息長《おきなが》氏の一派の、下《した》っ端《ぱ》の者でした。名は猿若《さるわか》です」

右京では、廃家《はいか》などを賭場代わりにして、博打に興じている不逞《ふてい》の輩《やから》が多い。その群盗たちも右京に出没すると、必ず廃家賭場に遊びにいっていた。

群盗の下っ端の猿若は、笠を被った背の高い僧侶と、そこで知り合った。僧侶は例の荒ら屋で、猿若に密かに酒を呑ませてくれるようにもなった。この時代、酒は公家と僧侶しか呑めず、平民が口にすることなど稀《まれ》だ。初めて味わう美酒に、猿若は酔いしれた。

ある日、僧侶は猿若に囁《ささや》いたという。

――今夜、亥の刻、金持ちの公卿が網代車に乗って、ある場所へ向かう。お忍びだから、車には牛飼童しか付き添っていない。その男が身に着けているものはすべて高価な代物《しろもの》だ。狙い目だぞ。

そして僧侶はさりげなく、男が向かう場所まで教えてくれた。そこは、伊周の邸の近くだった。そのあたりで車を襲ってしまえと、僧侶はそそのかしたという。

いつも旨い酒を呑ませてくれて、獲物まで教えてくれた僧侶に、猿若は感謝した。猿若はその話に飛びつき、花山法皇を狙ったのだ。盗むだけでなく撲殺までしたのは、僧侶から頼まれ、報酬まで渡されたからだった。

僧侶は背が高く、痩せていたという。前の二つの事件に関わっていた僧侶と特徴が似ており、やはり宗覚ではないかと思われた。

据継は眉根を寄せた。

「直接手を下した訳でもなく、証もないので、宗覚を捕まえることは難しいのです。ただ、調べによって分かりましたが、宗覚はどうやら香子様の異母兄のようなのです。

つまりは、娍子《せいし》様の異母弟でもあります。宗覚の母は不明で、もしや公家ではない、町の女かもしれません」

少納言は目を見開き、手で口を押さえた。

「兄と妹だったなんて……。だから宗覚は、香子様のもとへ容易に出入りできたのですね」

その話を聞いて、少納言はいっそう心配になった。

――事件に宗覚が関わっているとして、香子様、延《ひ》いては娍子様まで、巻き込まれるようなことがなければいいのだけれど。

その宗覚は、まったく姿を見せていないようだ。香子の邸も右京の荒ら屋も検非違使たちが見張っているが、宗覚らしき者は現れない。祇園社に訊いてみたところ、戻ってこないという。どうやら宗覚は完全に失踪《しっそう》したらしい。

据継は言った。

「花山法皇の撲殺に関しては、宗覚が香子様のことを慮《おもんぱか》って起こしたことのような気がします。調べてみたところ、法皇はやはり相当、香子様に執着《しゅうじゃく》していたらしく、母君は違えど、妹を苦しめる者が許せなかったのでしょう」

少納言は脇息にもたれた。

「許せない気持ちは分かりますが、群盗に撲殺させるというのは、やはり凄まじい恨みを感じます。法皇が香子様に執着したというだけでは、そこまでには至らないような気もしますが。……法皇は、やはり香子様を脅かしていたのではないでしょうか。それもあって、宗覚はいっそう許せなかったのでは」

「香子様はいったいどのような弱みを握られていたのでしょうか」

「香子様にとって重大なことであるには違いないでしょう」

少納言は考えを巡らせる。先日、久方ぶりに見た香子の、薄氷のような儚《はかな》い美しさを思い出した。

また少納言は、宗覚が娍子や香子と血が繋《つな》がっていることを知り、群盗に伊周の邸の近くで襲わせた意味も分かったような気がした。

——宗覚は、伊周様を下手人に仕立て上げるというよりは、伊周様に道長様を疑わせるように仕向けたのではないかしら。あの二人が争い合ってともに倒れてしまえば、東宮家は安泰ですもの。

するとと宗覚は、香子を守るためだけでなく、東宮家のためにも暗躍したということになるが、それが明るみに出れば東宮家に迷惑がかかることは明白で、少納言は心配だった。

そのことを話してみると、据継も顔を顰《しか》めた。

「東宮家の印象が悪くならないことを願うばかりです。……ところで生首事件で失踪した堀河諸兄ですが、花山法皇の侍女とも関係があったようです」

「まあ、そうでしたの」

「侍女は堀河のことは隠しておきたかったようですが、法皇があのような目に遭《あ》い、私たちでいろいろ調べているうちに、ある検非違使が勘づいてしまったのです。それで侍女に詳しく訊いてみたところ、堀河との仲は事実だったと認めました」

「その侍女も、堀河様が逃げた先は分からないのでしょうか」

「そのようです」

据継はさらにこのようなことも教えてくれた。

「式部の君のもとに、またも文が届けられました。文にはこう書かれていたといいます。《くだらなく不浄なものを書くことを直《ただ》ちにやめろ。おまえも地獄へ落ちることになるぞ》と。さすがに式部の君も怯《おび》えているようですが、源氏物語はいっそう話題となって、読まれています」

「そちらも気懸かりですね」

地獄に落ちるとまで言うのは、穏やかではない。それでも書き続けるということは、よほどの覚悟と、創作に対する情熱があるのだろう。
――紫式部の君は、いったいどのような女性なのかしら。
少納言は紫式部に複雑な思いを抱きつつも、一度、彼女に会ってみたい気がしていた。

それから少しして、吉平からまた文が送られてきた。それによると、花山法皇の三七日忌《みなぬかき》が済み、法皇は悪性の腫瘍《しゅよう》のために逝去《せいきょ》したことにされたという。三七日忌とは、亡くなって二十一日目の法要のことだ。花山法皇を撲殺した群盗の猿若は、島流しになったとのことだった。
宗覚の行方は、まだ摑めていないのだろう、何も書かれていなかった。

九

桜の花が満開となり、都が薄紅色に染まる頃、少納言は再び宮中を訪れた。今日の少納言は、小袖《こそで》、単《ひとえ》、袿《うちき》、袴《はかま》を重ね、その上から打衣《うちぎぬ》、表着《うわぎ》、唐衣《からころも》を着て、裳《もすそ》という紐《ひも》ですべての衣裳を結んだ、正装である。

袿の襲色目《かさねのいろめ》は、山吹《やまぶき》の匂《にほひ》。青緑色の単の上に、黄色の五の衣、淡朽葉《うすくちば》色の四の衣、薄朽葉色の三の衣と二の衣、朽葉色の一の衣を重ねている。

朽葉色とは、くすんだ赤みがかった黄色のことだ。この襲色目は、里の風景を表しているかの如《ごと》き彩《いろど》りで、少納言は月輪で暮らすようになってからは特に、このような色合いを好むようになっていた。

鈴音に牛飼童《うしかいのわらわ》を務めてもらい、八葉車《はちようのくるま》で乗りつけた少納言は、朱雀門《すざくもん》の門番に話をつけ、内裏の清涼殿へと案内してもらった。清涼殿は、帝《みかど》の在所である。

清涼殿の奥の間で、少納言は紫式部と初めて顔を合わせた。ここからは、東庭に植えられた呉竹《くれたけ》が眺められる。ホオジロの啼《な》き声が微かに聞こえていた。

式部の君は黒髪豊かで、透きとおるほどに色白だった。顔は卵のような形で、切れ長の目は濡れているかの如く潤《うる》んでいる。

式部の君の袿の襲色目は、紫《むらさき》の匂《にほひ》。中紅色の単《ひとえ》、薄紫色の五の衣、淡紫《うすむらさき》色の四の衣、中紫色の三の衣と二の衣、濃紫色の一の衣を重ねている。紫と紅の彩りが織り成す色目は、しっとりと落ち着いた式部の君に、よく映えていた。

少納言は予《あらかじ》め帝に頼み、式部の君との目文字《めもじ》が叶《かな》った。少納言は、帝が寵愛《ちょうあい》していた定子に信頼されていた。それゆえ、今でも帝の覚えがよいのだ。

少納言が紫式部に会いにきたのは、どのような女性か知りたいというだけでなく、ほかにも訳があった。脅かされているにも拘らず、書き続けるその意味を、どうしても聞いてみたかったのだ。

丁寧な挨拶を交わした後、少納言は式部の様子を窺いながら、まずはこのようなことを訊ねた。

「源氏物語の評判は存じ上げております。私も読ませていただいておりますわ。ところで式部の君は、何がきっかけで、あのようなお話を書こうと思われたのですか」

少納言は顔をまったく隠していないが、式部は檜扇《ひおうぎ》で顔の下半分を隠している。式部はうつむき加減で、静かに答えた。

「夫と死別しました後、己《おのれ》の寂《さび》しさを慰《なぐさ》めるように書き始めましたが、今では、四季の移ろいとともに変わっていく人の心を描きますことが、生き甲斐《がい》となっております」

紫式部の声は、鶯《うぐいす》の啼き声にも似ていて、耳に心地《ここち》よかった。

「源氏物語には、男と女のよしなし事が艶《つや》やかに書き綴《つづ》られていますよね。禁忌《きんき》の恋に落ちてしまうなど、人の愚かさも率直に描かれていて、そこが読み手を引きつけるのではないでしょうか」

少納言が素直な感想を述べると、式部は顔を少し上げた。

「少納言の君にご感想をいただけまして、嬉しく思います。さようでございます。私は予《かね》てから、とにかく人というものを描きたかったのです。人の美しさだけではなく、愚かさをも。身分などは関係なく、人は誰も迷いながら生きているといいますことを。迷いながら、それでも生きていかなければならないということを」

少納言は式部を見つめた。とても物静かだが、まさに淡い紫色の光を纏《まと》っているかのように、ぼんやりと輝いて見える。だが、光だけではなく翳《かげ》りも感じられるのは、思いがけず事件に巻き込まれ、辛《つら》い思いをしているからだろうか。

少納言は再び訊ねた。

「式部の君も、迷うことはあるのですか」

「はい。……常に迷っております。物心がつきました時から、今までずっと」

式部はそう答えると、またうつむいてしまう。少納言は、柳眉《りゅうび》を微かに寄せた。

——なんて弱々しい感じの女性なのだろう。でも……やはりどこか、一筋縄ではいかないように思える。

少納言の経験上、淑《しと》やかに見える女性ほど、一癖《ひとくせ》ある者が多かったからだ。それゆえ道長の策略に、紫式部が力添えしていても不思議ではないように思えた。

少納言が考えを巡らせていると、不意に、式部が訊ねてきた。

「ところで今日は何故、いらっしゃったのですか。私にいろいろお訊ねになるためでしょうか」

素直な問いかけに、少納言は一瞬、言葉に詰まる。姿勢を正して、答えた。

「一度、お話しさせていただきたかったのです。式部の君のお噂は、隠棲している私の耳にも届いておりますゆえ」

紫式部は伏し目がちで、返した。

「私も、少納言の君のご高名は予々承《かねがねうけたまわ》っております。宮中に仕えられていた時の、華やかな才女ぶり、それは今もご健在のようですわね。謎解き女《め》と呼ばれるほどにご活躍されていらっしゃるとか」

式部は口元を隠しているが、薄らと笑っているのが分かる。言葉の端々《はしばし》に、なんとはなしに皮肉が感じられ、少納言は苦い笑みを浮かべた。

少納言はこのようなことも、式部に訊ねてみたくもあった。式部が自分に対して嫌味を書いたり言ったりしているのは、自分が枕草子で式部の亡夫を批判したことが原因なのか、と。

だが少納言は、そのような大人げない言動は控え、気持ちを鎮《しず》めて答えた。

「私は宮中におりました時から、災いごとや不思議なことが起きると、首を突っ込まずにいられないのです。そのような性分ゆえ、式部の君とお会いして、お話ししたかったのです」

紫式部は、目を大きく瞬かせた。

「と申しますと？」

「式部の君を脅かすような文が届けられていると聞きました。それにも怯《ひる》まず書き続けていらっしゃるのは、道長様のためなのですか」

式部は檜扇を膝に置き、顔を露わにして、少納言を真っすぐに見た。やはり気苦労があるのだろう、美しくも窶《やつ》れているが、それゆえに凄艶《せいえん》さに溢《あふ》れている。

紫式部は屹度《きっと》して言った。

「確かに、道長様に乞われて書いている面もございます。ですが、やはり己の心に突き動かされるがゆえ。私は書くことが、生きるすべてなのでございます」

はっきり言い返され、少納言は言葉を失う。

儚《はかな》げな式部の目には、紫檀《したん》色の炎が宿っているように見えた。

――書くことが、生きるすべてというのね。ならば式部の君は、書かなければ、命を喪《うしな》ってしまうということ……。

物を書く者の圧倒的な情熱を知らされ、少納言は無言のまま、式部に一礼した。

それほど長くは話さなかったが、少納言は、紫式部という者が少しは分かったような気がした。

しかし、このような思いも心に残った。

――書くことがそれほど好きならば……。道長様の庇護のもと、あれだけの物語を書き続けていけるのだから、もっと楽しそうでもいいのに。あまり楽しそうでもないのは、どうしてなのかしら。それとも、単に、私と話すのが嫌だったのかしら？

少納言は憮然《ぶぜん》と唇を尖らせた。

式部の君との面会を終えると、少納言は清涼殿の雑仕女《ぞうしめ》に頼んで、宣耀殿にいる娍《せい》子《し》に取り次いでもらった。せっかく来たので、娍子に挨拶だけでもしたいと思ったのだ。

清涼殿と宣耀殿はともに内裏の中にあり、それほど離れていない。

娍子は快《こころよ》く承諾してくれたので、少納言は娍子にも目文字が叶《かな》うことになった。

雑仕女に案内され、宣耀殿へと赴《おもむ》く。

桃の花が華やかに咲く宣耀殿で、久方ぶりに東宮妃の娍子に会い、少納言は喜んだ。

娍子は昔と変わらずに、瑞々《みずみず》しい麗しさだった。裏山吹の襲色目《かさねのいろめ》の袿《うちき》に、淡蘇芳《うすすおう》の打衣《うちぎぬ》を纏《まと》った娍子は、まさに満開の春の如き装いだ。だが、妹の香子と同じく、窶《やつ》れたようにも見え、少納言は少し気懸かりだった。

――東宮妃として、気苦労なさることが多いのでしょう。

少納言はそう思ったが、娍子は肌の色艶などはよく、居貞《おきさだ》親王と睦《むつ》まじく過ごしているであろうことは見て取れた。

居貞親王に会うことは叶わなかったが、その穏やかで物静かな面影を、少納言は覚えている。悪く言えば覇気《はき》がないのだが、その分、娍子がしっかりしているので、夫妻として釣り合いが取れているのだろう。

居貞親王は娍子のことを、いつも含羞《はにか》みながら見つめていたものだ。それは今でも続いているだろうと、少納言は微笑ましく思う。

東宮には会えなかったものの、二人の第一皇子である敦明《あつあきら》親王に会うことはできた。

少納言が勤めを辞めた頃はまだ六つだった敦明親王も十四になっていて、その成長した姿に、少納言は目を細めた。

「少納言の君、ご機嫌麗しゅう。久方ぶりにお目にかかれて、嬉しく存じます」

「まあ、覚えていてくださって、光栄ですわ。ご立派になられました」

敦明親王は、東宮家の皇子らしく、気品に溢《あふ》れている。端整な顔立ちで、すらりとしており、物腰は穏やかだが、はきはきと話す。父君と母君のよいところを集めたようだった。

ゆくゆくは立太子するであろう敦明親王は、習得すべきことが多いようで、挨拶を済ませるとすぐに学問へと戻っていった。

娍子と二人きりになると、少納言は心配していた香子について訊ねてみた。すると娍子は、声を微かに震わせた。

「妹はこのところ体調が優《すぐ》れず、今日も出仕しておりません」

娍子は香子のことで、やはり心を痛めているようだった。そのような娍子を、少納言は慰めた。

「もしや道長様たちが嫌がらせをしてくるかもしれませんので、くれぐれもお気をつけください」

少納言が告げると、娍子は美しい顔を曇らせた。

「悪い噂が立ち始めていて、妹は苦しんでおります。花山法皇の一件に、あの子が関わっていたとかいないとか。……妹は何もしておりませんのに。なんて卑怯《ひきょう》な者たちなのでしょう」

涙ぐむ娍子の細い背中を、少納言はそっとさすった。

どうやら娍子は、道長の娘の寛子を敦明親王とあまり親しくさせたくないようで、以前からそれとなく、その意向を示していたらしい。

もしやそれが道長の気に障《さわ》ったのではないかと、懸念しているようだった。

「さようだったのですね。娍子様のお気持ち、私にもよく分かりますわ。真っすぐに育っていらっしゃる敦明親王に、道長様の御子様は相応《ふさわ》しくございません。道長様の思惑《おもわく》に巻き込まれでもしたら、堪《たま》りませんもの。……娍子様、どうぞお心を強く持ってくださいませ。私は東宮家の味方でございますから」

「少納言の君……お礼を申し上げますわ」

指で目元を拭《ぬぐ》いつつ、娍子は弱々しく微笑んだ。

少納言は娍子を励まし、宣耀殿を後にした。

十

近くに止めてあった八葉車に乗り込むと、小玉が膝の上に載ってきた。邸に一人で置いておくのは可哀想だったので、小玉も連れてきていたのだ。少納言は鈴音に、包みを渡した。鈴音はそれを開き、笑みを浮かべる。椿餅が、三つも現れたからだろう。

「牛曳《うしひ》きを頼んでしまったから、お腹が空いたでしょう。ぜんぶ、お食べなさい」

「少納言様、ありがとうございます。……でも、一つで充分です」

鈴音は残りを少納言に渡そうとする。少納言はそれを押し返し、微笑んだ。

「遠慮しないで。一度に食べられなければ、残りの二つは後で食べなさい。鈴音のためにもらってきたのですもの」

「はい」

鈴音は素直に頷《うなず》き、小さな口に椿餅を頬張った。椿餅とは、甘葛《あまづら》で甘みをつけた餅を、椿《つばき》の葉に包んだものだ。葉の香りが心地よいのだろう、鈴音は目を細めて味わっている。

少納言は、牛の房丸の背中を優しく撫《な》でた。

「邸までお願いね。帰ったら、沢山ご飯をあげるから」

すると房丸は、お任せあれ、というように啼《な》き声を響かせる。少納言は小玉の背中も撫でた。

「お前にも帰ったらご飯をあげるけれど、鈴音や房丸みたいに働いてないわね。ここまで来る時も、車の中で、私の膝にずっと乗っていたでしょう」

少納言が軽く睨《にら》んでも、小玉は欠伸《あくび》などして呑気《のんき》なものだ。

「まあ、私も車で揺られるばかりだったから、小玉のことは言えないわね」

すると、相槌《あいづち》を打つかのように、小玉がみゃあと啼いた。


邸に戻ると、少納言は鈴音をゆっくり休ませ、夕餉の支度《したく》は一人でした。白いご飯を炊き、蕗《ふき》を煮て、蛤《はまぐり》を焼き、蕨《わらび》の漬物を添える。猫に貝を食べさせてはいけないので、小玉には、削った干し鰹をご飯にかけて与える。

寒さが和《やわ》らいできた時季、蔀《しとみ》は開けて御簾《みす》を下ろし、夜風を入れつつ女三人で夕餉を味わった。

「桜はもちろん、桃の花も綺麗でしたね」

大内裏までの道中に咲いていた花々を思い出したのだろう、鈴音がうっとりとする。

少納言は微笑んだ。

「娍子様がいらっしゃる宣耀殿は、桃の花が咲き乱れていたわ。今度、鈴音も連れていってあげるわね。今日は一人で行ってしまって、悪かったわ」

「そんなことありません。門の外からも、大内裏に咲いている花々が見えましたから。少納言様をお待ちしている間、小玉と房丸と一緒に、お花を楽しんでおりました」

口の周りに米粒と削り節をつけながら、小玉が啼く。少納言は小玉の黒い背中をそっと撫でた。

「皆で、鴨川べりの桜を観にいきましょう。散ってしまわないうちに」

「はい。楽しみです」

鈴音はあどけない笑みを浮かべる。すると、夜風に乗って、笛の音が聞こえてきた。少納言は耳を澄ます。

御簾が揺れてめくれ、大きな白い花びらが舞い込んできた。花びらは蝶《ちょう》のように飛び回り、畳に落ちた。よく見ると、それは白い紙で作った形代《かたしろ》だった。

少納言が御簾を上げると、吉平が立っていた。宵空には、山吹色の三日月が浮かんでいる。吉平は照れくさそうに微笑んだ。

「この前、貴女に励ましてもらったのが効いたのか、これぐらいのことはできるようになった」

「お見事だわ」

少納言は吉平に笑みを返す。

「今日は上巳祓《じょうしのはらえ》だ。その形代で鈴音の躰を拭《ふ》き清めるがよい。健《すこ》やかでいられよう」

少納言は形代を拾い、眺めた。

「そういえば弥生《やよい》三日ね。いろいろなことがあって、忘れてしまっていたわ」

「そうだろうと思った。それで、差し出がましくも、こうして訪れたという訳だ」

少納言は吉平を邸に上げた。酒を呑んで待っていてもらい、その間に、鈴音の躰を形代で拭いて清めた。躰の穢《けが》れや災いを、そうして形代に移すのだ。

それから皆で鴨川へと歩いた。吉平が松明《たいまつ》を持ち、道を照らす。少納言は形代を包んだ布を抱え、鈴音は小玉を抱いていた。

鴨川に着くまで、微笑み合うだけで、言葉は交わさなかった。花の香りが仄《ほの》かに漂う中、ただ静かに、歩を進めた。

鴨川沿いの桜は満開で、三日月に照らされて、妖美に咲き誇っていた。鈴音は口を微かに開け、瞬きもせずに夜桜に見入る。

吉平は松明を掲げ、あたりを照らしながら、川辺へと近づいた。少納言たちも続く。夜の鴨川は月と桜を川面《かわも》に映し、静かに波立っている。

少納言は身を屈めて包みを開け、形代を川へと流した。少納言の隣で、鈴音がそっと手を合わせる。躰の穢れや災いを移した形代はいわば身代わりで、川に流すことはその供養でもある。鈴音が健やかに成長できるよう、少納言も祈った。

流れてゆく形代を見送ると、鈴音が、あ、と小さな声を上げた。

「どうしたの」

少納言が訊ねると、鈴音は首を傾げた。

「不意に、躰が軽くなったような気がしたのです。形代のおかげでしょうか」

少納言は、鈴音の小さな肩を抱いた。夜の鴨川は緩やかに流れる。降る花びらを川面に浮かべて。

第四章　狙われた紫式部――《若菜下《わかなげ》》と《橋姫《はしひめ》》の後の事件――

一

弥生《やよい》も終わり近くになると、めっきりと暖かくなってくる。春はやはり曙《あけぼの》がよいものだと、少納言は早起きする日々だ。

空がすっかり明るくなると、少納言は庭へ出て、菫《すみれ》の花を摘《つ》んだ。髪は後ろで束ね、小袖《こそで》と袴《はかま》に単《ひとえ》を重ね、袿《うちき》を纏《まと》っている。すべて暗い色目のものだ。可憐《かれん》な菫の花を手に、少納言は定子の陵墓《りょうぼ》へと向かった。定子も菫が好きだったので、見せてあげたいと思ったのだ。

定子が眠っているのは鳥辺野《とりべの》の南のほうで、さほど離れていないため、陵墓を参る時は、少納言はなるべく歩いていくことにしている。坂道や石段が多いが、緑豊かな道のりだ。朝の陽ざしを浴びた若葉を眺めながら、少納言は眩《まぶ》しげに目を細めた。

定子の陵墓は、ひっそりとした場所にある。都に比べれば山奥といった趣《おもむき》だろう。アオバトの啼《な》き声が聞こえてくる。

定子が第二皇女を産んですぐに亡くなった時、兄の伊周は定子の亡骸《なきがら》を抱き締めて号泣した。

定子は辞世の句を三つ遺していた。その一つが、帝《みかど》に宛《あ》てたのだろうと思《おぼ》しき、この歌だ。

〈よもすがら契りしことを忘れずは　恋ひん涙の色ぞゆかしき〉

〈夜通し愛し合ったことを貴方《あなた》が忘れていなければ、私のことを思って流してくださる涙は、どのような色なのでしょう〉

定子が帝をどれほど思っていたかが窺《うかが》われる歌だ。悲しみが極まると、赤い、血の色の涙を流すと言われる。定子もきっと、帝に赤い涙をこぼしてほしかったのだろう。

この定子の歌に対して、雪が降る葬送の日、帝が返した歌はこうだった。

〈野辺までに心ひとつはかよへども　我がみゆきとは知らずやあるらむ〉

〈鳥辺野までこの身は行けぬが、心は一つ、貴女《あなた》に付き添っているのだ。私の行幸《みゆき》だと、分かってくれているのだろう。降り積む深雪《みゆき》となって、貴女に寄り添っているこ

とを〉

定子が没したのは齢《よわい》二十五で、その時に帝は齢二十二だった。政権争いに巻き込まれた若い二人の、無念の思いが伝わってくるかのようだ。帝は真に定子を思っていたが、周りの者たちが煩《うるさ》く、最後には人目を忍んで隠れて会わなければならなかった。定子は帝の中宮であったにも拘《かかわ》らず。そのような中での死別は、帝の心にも大きな傷を作っただろう。定子への返歌にも、悲しみが滲《にじ》み出ている。

少納言は跪《ひざまず》き、陵墓に菫の花を供え、定子に静かに語りかける。そして、小声で歌を詠んだ。

「朝露に潤《うる》むすみれの芳《かんば》しさ　とわの語りに鳥もさえずる」

朝露に濡れる菫の如く麗しい定子様のことは、鳥たちがさえずるように、人々の間で永久に語り継がれますでしょう。そのような思いを込めて。

卯月《うづき》になり、灌仏会《かんぶつえ》といわれる釈迦《しゃか》生誕の法会《ほうえ》を終えた頃、据継《すえつぐ》が源氏物語の新作を届けにきた。

据継が訪れると、鈴音の機嫌がよい。鈴音がお茶と苺菓子《いちご》を出すと、据継も顔をほころばせた。苺菓子とは、柚子菓子と同じく、煮た苺に甘葛《あまづら》をかけたものだ。少納言は苺について、枕草子の第三十九段で、上品なものであると記した。

　据継は苺菓子を味わいながら、少納言に、新作について語った。

　宮中では源氏物語三十五帖の《若菜下《げ》》が人気を博しているという。《若菜下》は、光源氏が齢四十一の三月から齢四十七の十二月までの話である。

　内容としては、光源氏と藤壺の不義の子である帝が譲位し、冷泉院《れいぜいいん》あるいは冷泉院の帝などと呼ばれるようになる。新しい帝へと時代が移り変わり、明石の女御《にょうご》腹の第一皇子が東宮に立つ。年が明け、正月には六条院で華やかな女楽《じょがく》が催され、女三宮、紫の上、明石の君、明石の女御が揃《そろ》って見事な演奏をするも、その晩に厄年だった紫の上が突然倒れる。

　源氏は紫の上の看病に徹する。その間、源氏の正妻である女三宮《おんなさんのみや》は放っておかれることになり、柏木はその隙《すき》をついて、女三宮と密通してしまう。

　紫の上のもとには六条御息所《ろくじょうのみやすどころ》の死霊が現れ、源氏は戦慄《せんりつ》する。

　女三宮は柏木との不義の子を身籠《みごも》り、それに薄々気づいた源氏は、六条院で行われた試楽《しがく》の際に柏木に痛烈な嫌味を放ち、柏木は病に伏してしまう。

「衝撃的な内容に、女房たちは大いに沸《わ》き、ご懐妊された彰子様も熱心に読み耽《ふけ》っていらっしゃるようです」

少納言は目を瞬かせた。

「彰子様がご懐妊……？」

「そうなのです。花山法皇の件で沈んでいた宮中に久々に飛び込んできた明るい話題に、皆が沸いています」

「彰子様もさぞ、ほっとなされたでしょうね」

入内九年目の懐妊。彰子にかかっていた重圧は相当なものだったはずだ。

「はい。涙を流して喜んでおられたそうです」

「そう」

喜ばしい話だ。しかし、少納言の気は晴れなかった。数月後に生まれる子が、男子だったら、定子が遺した敦康親王と帝の座を争うことになる。そうなれば、敦康親王が軽んじられるようになることは明らかだ。彰子が身籠った子は、道長の孫なのだから。

二

端午節会《たんごのせちえ》が過ぎ、五月雨の時季が訪れた。庭の池を雨が打っている。

《帚木《ははきぎ》》が発表された後に、青い目の生首の事件が起きてから、一年が経った。あらぬ噂を立てられ、非難を浴びながらも根強い読者を持ち、源氏物語は第二部に入っている。帖が発表される間隔が短くなってきていた。そして彰子の出産も近づいていた。

――もしや、また一波乱起きるかも。

不穏な思いが込み上げる。

少納言は物思いをやめ、再び源氏物語四十五帖の《橋姫》に目を落とした。

源氏物語の第一部である光源氏の話は完結し、第二部では源氏の子である薫が主人公となる。《橋姫》は、その第二部の話で、宇治十帖の第一帖にもあたる。

《橋姫》には、薫が齢二十から二十二までの出来事が綴《つづ》られている。宇治の地での、美しい姉妹の姫君との出会いが描かれる。有明の月の下で箏《そう》と琵琶《びわ》とを合奏する姫君たちを垣間《かいま》見て、薫は心をときめかせる。

薫は実は、光源氏の子ではなく、女三宮と柏木との不義の子であった。柏木が女三宮に遺した文から、薫はついに、その秘密を知ってしまう。

光源氏と違って、薫は初心《うぶ》なところがあり、それでいて生まれつき躰から得も言われぬ芳香がしたという麗しさである。

吉平の話によると、女房たちは薫に対しても、ときめきを禁じ得ないようだ。第二部に入ってからは、彰子も交えて、光源氏と薫とどちらが好みか、光の君派と薫の君派に分かれて競い合っているらしい。

ちなみに彰子は光の君派ではあるが薫も可愛いようで、薫が主人公になってからはいっそう嬉々として読み耽《ふけ》っているという。

懐妊中で、心が不安定になることもある彰子は、源氏物語に慰《なぐさ》められているようだ。

「少納言様、吉平様がおいでです」

鈴音の声で我に返る。目を上げると、雨は強さを増していた。

「そう。何かお出しするようなものはあったかしら」

「それが……」

鈴音が怪訝《けげん》な面持ちで首を捻《ひね》る。

「今日は酒も肴《さかな》も不要と仰《おっしゃ》っています」

少納言も首を捻った。食い気は人一倍の吉平が食事を断るとは、よほどのことだ。

のんびり盃を傾けている場合ではないということか。

「分かったわ。お通しして」

部屋に通した吉平の表情は険《けわ》しい。

「こんな雨の日にどうなさったの？」

不穏な空気を感じ取りながら、少納言は訊《たず》ねる。

「式部の君が起居している一条院に不浄《ふじょう》の文が投げ込まれた」

「不浄？」

「ああ。血糊がベッタリとついた文だ。そこにはこう書かれていた。《これ以上書き続けると、まことに地獄に落ちるぞ》と」

少納言は眉を顰《ひそ》めた。ついに一波乱が起きてしまった。吉平も苦々しい顔で首を傾げる。

「いったい誰が送っているのだろう。道長様の話題作りの猿芝居かとも思っていたが、もはや源氏物語は大内裏の外でも話題になっている。だから、もうその必要もない。下手人は、どうして源氏物語を、それほど式部の君に書かせたくないのだろうか」

「そこに真意が隠されているように思うわ」

少納言は考えを巡らせつつ、訊ねた。

「宗覚の行方は摑《つか》めたの」

「いや、杳《よう》として知れずだ」

「いなくなってしまったほうが、東宮家にとっては幸いかもしれないわね」

「そうだな。今回の件にも奴が関わっていたとすれば、ますます東宮家に迷惑がかかる。居貞《おきさだ》親王や娍子《せいし》様をこれ以上苦しめるのは、忍びない」

「まったくだわ。冷泉上皇の皇子たちは、どうしてか亡き花山法皇といい、亡き為尊《ためたか》様といい、敦道《あつみち》様といい、父君の血を色濃く受け継いでいる。真面目《まじめ》でいらっしゃるのは、本当に、東宮の居貞様ぐらいですもの」

その居貞親王と娍子の皇子である敦明《あつあきら》親王も、健《すこ》やかに育っている。先日、宣耀《せんよう》殿《でん》にてそれを確認できて、少納言は嬉しかったものだ。

久しぶりに見た敦明親王は、ずいぶんと大人びていた。端整な横顔。きめ細かな肌。喉仏が目立つ、細く長い首。

敦明親王の麗《うるわ》しい姿を思い出しながら、少納言は考えを巡らせる。

黒髪をなぞる少納言の指が、不意に止まった。

顔色を変えた少納言に、吉平が訊ねた。

「どうかしたのか」

「いえ……」

少納言は、微《かす》かに痙攣《けいれん》するこめかみを指でそっと押さえる。そして立ち上がると、今までに発表された源氏物語を持ってきて、初めから読み直し始めた。少納言の突然の振る舞いに、吉平は目を丸くする。

黙々と読み耽る少納言に、吉平が声をかけた。

「暇《いとま》しようか」

しかし、少納言は何も答えない。聞こえてはいるが、それどころではないのだ。吉平は手持無沙汰《ぶさた》で船を漕《こ》ぎ、やがて鼾《いびき》を掻《か》き始めた。

寝そべってしまった吉平をそのままにして、少納言は熱心に源氏物語を次々繙《ひもと》く。

少納言は第四十五帖まで目を通し、今まで事件が起きる前に話題になった、第二帖《帚木》、第七帖《紅葉賀《もみじのが》》、第十四帖《澪標《みおつくし》》、第三十五帖《若菜下》、第四十五帖《橋姫》をそれぞれ読み直し、顔を上げた。

「そういうことだったのね……」

今、繋《つな》がったのだ。すべてのことが。どうして下手人は、それほどまでに源氏物語を書くことを阻止しようとしたのかも。

空が白み始めている。少納言は吉平を揺さぶり起こした。

「分かったような気がするわ。一連の事件は、ある者が周りの者たちをも巧みに巻き込んで、謀《はか》ったのだわ。……ただひたすら、ある方を守り抜くために」

少納言は自分の推測を、吉平に語った。吉平は目を擦《こす》りながら聞いていたが、少納言が話し終えると、すっかり目が覚めたようだった。

吉平は姿勢を正し、丸い躰を揺さぶった。

「もしそれが真相ならば、たいへんな問題になるだろう。しかして……本当だろうか？　貴女の想像ということはなかろうか」

吉平は腕を組み、首を捻り始める。少納言は思わず、鈴音と小玉も飛び起きるであろうほどの、邸中に響き渡るような大声を上げた。

「吉平様！　この期《ご》に及んで、まだ私の考えをお疑いになるというの？　吉平様が鼾を掻いて寝ていた間に、私は必死で頭を働かせていたのよっ！」

少納言の剣幕に慄《おのの》いたのだろう、吉平は肩を竦《すく》めて項垂《うなだ》れる。

「……まあ、貴女の説は、妙に辻褄《つじつま》は合っているが」

「そうでしょう？　だから調べてほしいと言っているのよ。早く動かないと、手遅れになる。式部の君の命が狙われるわよ」

三

長雨の合間の夜空に、立待月《たちまちづき》がぼんやりと浮かんでいる。蒸し暑い夜、湿った草木の匂いが、色濃く漂う。

紫式部の邸《やしき》の庭、槿《むくげ》の木陰《こかげ》に、少納言は吉平とともに身を潜めていた。ここからは、邸の外も見渡せる。二人とも闇に溶け込むような黒装束《くろしょうぞく》だ。少納言は髪を束ね、平民の男のように、動きやすい絞り袴《はかま》を穿《は》いている。

少納言の訴えを聞き、吉平は迅速に動いた。検非違使《けびいし》を通じて式部の君に危険が迫っていることを伝え、実家に移居してもらうことになった。下手人をおびき寄せるべく、式部の君は度重《たびかさ》なる脅しが原因で体調を崩し休息中との噂を宮中には流してある。邸の周囲には検非違使が見張りでついており、不測の事態への対策は万全だ。

「それにしても、貴女が式部の君にそこまで思いを寄せているとは意外であった」

吉平は、黒ずくめで木陰に潜む少納言を見て言った。

「てっきり、書き手として対抗心を燃やしているのかとばかり思っていた」

「好ましく思っていたわけではないけれど……あれだけの才をお持ちの方が命を奪われるかもしれないと思ったら、惜《お》しくて堪《たま》らなくなったの」

「ふむ……。書き手という生き物の気持ちはよく分からぬな」

吉平が苦々《にがにが》しい面持《おもも》ちで溜息をつく。

少納言が危険を冒してこの場に来ていることを揶揄《やゆ》しているのだ。吉平と据継を説得するのは骨が折れた。どうしても邸でことを見届けたいと言い張る少納言に、二人は検非違使に任せろの一点張り、押し問答は四半刻に及んだ。

これでは埒《らち》が明かない。少納言は奥の手を繰り出した。

――では、吉昌《よしまさ》様に直接訴え出ます。

吉平は慌《あわ》てた。源氏物語を巡る一連の事件は吉平に一任されている。ここまで三つの事件を解決してきた吉平の評価は、陰陽寮の中でも高まってきていた。弟の吉昌と比較して劣ると見られ続けてきた吉平にとって、この間の高評価はさぞかし溜飲《りゅういん》を下げるものだっただろう。

そんな折、少納言が吉昌に面会したら。そして事件を解決に導いていたのは自分の勘働きだったと少納言に明かされたら。積み上げてきた評価が瓦解《がかい》する恐れがある。

吉平はきっとそう想像するだろうと踏んで、少納言は吉昌の名を出したのだ。果たして、少納言の予測どおりになり、必ず吉平の近くにいるという条件付きで、同行が認められることになった。彼の一番敏感な部分を弄《もてあそ》んだようで心苦しいが、こうでもしなければ叶《かな》わなかったに違いない。

「式部の君の安全を見届けたいというのもあるけれど……。こうして無理を聞いてもらった理由がもう一つあるの」

「なんだ」

吉平が訝《いぶか》しげに訊《き》いてくる。

「真の下手人が私の察した者であるか否か。この目で真実を確かめたい」

吉平が呆《あき》れた面持ちで少納言を見つめた。

「そんなことのために、わざわざ危険な場所に来たのか」

「そんなこと、じゃないわ。真実は何より尊《とうと》い」

少納言の真剣な眼差しに気圧《けお》されたのか、吉平は視線を外して呟《つぶや》いた。

「脅されながらも書き続けたり、危険を承知で真実を目撃しに来たり……。まことに、物書きとは奇妙な生き物だな」

「いつも勘でものを言ってばかりのくせに、何が真実だ、とお思いなのね」

「思わなくはないが……。その勘がよく当たるので毎度驚く」

「常に周囲を観察し勘を働かせ続ける。そうすることでしか、真実には辿《たど》り着けないの。そこまでの道のりの裏に膨大な思考の積み重ねがあるからこそ、真実は尊いのよ」

「ずいぶん大袈裟《おおげさ》な物言いだな。普段の貴女を見ていると、ただ思いつきを述べているようにしか思えぬが……」

吉平の袴《はかま》の裾《すそ》を引っ張ったところで、子三刻（午前零時）を報《しら》せる鐘が響いた。闇が広がる中、邸の近くに、何者かが現れた。黒ずくめで、大きな烏《からす》のように見える。すぐにまた、もう一羽の烏がやってきた。待ち合わせをしていたようだ。

この烏の如き者たちは、これから邸に忍び込もうというのであろうか。それとも文を、また投げ込もうというのであろうか。

後から現れた小さな烏が、大きな烏を手引きしている。立待月《たちまちづき》の明かりを頼りに、大きな烏が邸に忍び込む。妻戸《つまと》を押すと、難なく開いた。

大きな烏は、すり足で廊を歩いていく。そして途中で立ち止まり、息を潜めた。侍女が、部屋の中から出てきたからだろう。

侍女の姿が見えなくなると、烏は音を立てずに遣《や》り戸を開ける。

その時……検非違使たちが乗り込んでいった。少納言と吉平と同じく、庭に隠れていたのだ。

いくつもの松明《たいまつ》に照らされ、賊がはっきりと浮かび上がった。

大きな烏の正体は、僧侶だった。

検非違使たちは一斉に僧侶に飛びかかるも、僧侶は彼らを薙《な》ぎ倒した。

「失礼ね」

「逃がすな！」

据継の叫び声が響く。

槿の木陰で、吉平が少納言に囁《ささや》いた。

「加勢してくる」

「お気をつけて」

少納言が頷くと、吉平はすぐさま飛び出していった。

式部の君には別室に控《ひか》えてもらっているので安心だ。

邸の外で待っていた小さな鳥が、騒ぎを聞いて、身を強張《こわば》らせている。僧侶に力添えしたいと思いつつも、下手に乗り込んだところで、検非違使たちが相手では太刀打《たちう》ちできないと察したのだろう、小さな鳥は身をくらまそうとした。

少納言も木陰から飛び出し、小さな鳥を追いかけ、その肩を摑んだ。

「お待ちなさい」

凜《りん》として言い放つ。

少納言は逃がさぬよう、強い力で小さな鳥を押さえつける。だが鳥は身を捩《よじ》り、少納言を突き飛ばすと、駆け出した。

少納言は倒れそうになるも均衡を取り戻し、再び追った。生暖かい夜風に吹かれて、少納言は駆ける。やけに喉が渇き、心ノ臓の鼓動が自分にも聞こえた。雲が動き、月明かりが翳《かげ》る。少納言は、ふと立ち止まった。

――見失ってしまった。

息を切らしながら、あたりを見回す。公家の邸がまばらに建っているようだが、ひっそりと静まり返っている。闇の中が急に怖くなり、少納言の背中に、冷たい汗が滲んだ。

その時、何者かが後ろから、少納言の口を塞《ふさ》いだ。

「ううっ」

思わず呻《うめ》き声が漏れる。どうやら小さな鳥のようだ。鳥は意外にも強い力で、少納言を押さえつけてくる。身を捩って、鳥が何者か確かめようとした。鳥は黒い布で顔を覆っているが、目元は開いている。長い睫毛《まつげ》に覆われた切れ長の目は、微かに血走っていた。

雲がまた動いた。仄《ほの》かな月明かりに照らされ、何かがきらりと光った。小さな鳥はそれを素早く、少納言の首筋へと突きつけた。

短刀の刃先の冷たさを感じ、少納言は息を呑んだ。

――斬られる。

少納言は思わず目を瞑《つむ》った。

その時。突如、笛の音が響き、木の枝が揺れるほどに強い風が吹いた。烏の手元が一瞬狂う。その隙に、いつの間にか現れた吉平が、その華奢《きゃしゃ》な手首を勢いよく叩いた。

烏の白い手から、短刀が落ちる。

既《すん》のところで助かり、少納言は力が抜けて、思わずよろめいた。

「しっかりしろ」

吉平が少納言を支える。その隙に、小さな烏は駆け出した。

黒い布から覗《のぞ》く目が語っていた。小さな烏の正体は、紛《まが》うことなく香子だった。ならば僧侶は宗覚だったのか。

少納言は首を押さえながら、吉平に訊ねた。

「男のほうは、逃げてしまったの」

「据継たちが追っている」

「私たちも急ぎましょう」

「大丈夫か」

「もちろん」

少納言は頷《うなず》く。手のひらには血が薄《うっす》らとついたが、少し切れただけだろう。吉平は急いで懐《ふところ》から手ぬぐいを取り出し、少納言の首に当てた。

「無理はするな」

少納言は手ぬぐいで首を押さえながら、吉平を見つめた。

「分かっているわ」

「吉平様、よく来てくださったわね」

「貴女の居場所ぐらいは視通《みとお》せるようになった」

少納言の黒髪が、夜風にそよぐ。吉平が笛を吹いた。風が強まり、雲が再び動き、月明かりがいっそう皓々《こうこう》とする。先ほど強い風が起きたのも、吉平の術だったようだ。

少納言は吉平とともに、鳥たちをまた追いかけた。二人がどのあたりにいるかは、検非違使たちの松明が目印だ。

少し走り、検非違使たちと合流すると、皆で二人を追った。十五人ほどいる検非違使の後に、少納言と吉平が続く。吉平は少納言を気遣い、足がもつれたりすると支えてくれた。

少納言は必死だった。二人に話を聞きたかった。真実を知りたいという思いが、少納言を突き動かす。

平安京の東には鴨川が流れる。香子と宗覚は鴨川の近くまでくると、振り返った。

検非違使たちが松明を掲げる。立待月の下、二人の姿が浮かび上がった。検非違使の数人は、二人に矢を向けていた。

吉平が息を荒《あら》らげながら、叫んだ。

「早まるな。訳を聞こう」

しかし二人は何も答えない。少納言は胸を押さえる。今度は据継が叫んだ。

「姉君に命じられていたのだろう」

すると香子は、顔を覆《おお》っていた布を自《みずか》ら剝《は》ぎ取り、叫び返した。

「姉君は何も関係ございません。すべては私たちがしたこと。この哀れな身を嘆《なげ》き、様々な人たちを恨《うら》んでしまいました。ただそれだけでございます。お許しくださいませ」

そして香子と宗覚は頷き合い、手を取り合って、鴨川へと身を投げ入れた。

少納言は絹を裂くような悲鳴を上げ、蹲《うずくま》った。

四

源氏物語では宇治の地を、人里離れた寂《さび》れた山奥の如《ごと》く書いているが、少納言は都とはまた別のよさを感じている。

琵琶湖を水源とする宇治川と、なだらかな山並みが織り成す景色は、いくら眺めていても飽きぬほどだ。

源氏物語の第二部の舞台を宇治にしたのも、少納言は頷けた。光源氏のような華やかさには欠けるが、素朴な純粋さを持つ薫には、京の都よりも宇治の景色が似合うと思えたからだ。

明媚《めいび》な景色が広がる宇治には、公卿の別宅が多く、道長の宇治殿《うじどの》もある。

そして少納言は吉平とともに、今、そこで道長と向かい合っていた。

少納言から話があると聞かされた道長が、少納言を宇治殿へ招いたのだ。道長が暮らす土御門殿《つちみかどどの》ではなかったのは、二人の話を、彰子や女房たちの耳に入れることを防ぎたかったからだろう。

吉平に付き添ってもらったのは、やはり一人で道長のもとへ乗り込むのは不安だったからだ。頼もしくなってきた吉平に傍にいてもらえれば、道長にも落ち着いて向き合えるだろうと思った。

宇治殿は宇治川の近くにあり、池に囲まれているので、遠目には水に浮かんでいるかの如《ごと》く見える。静かな部屋の中、川のせせらぎが微《かす》かに聞こえていた。

目の前にいる道長は圧倒的な威厳を湛《たた》え、貫禄に溢《あふ》れている。濃い眉と口髭《くちひげ》、射るような眼差《まなざ》し、やけに紅い唇。その面持ちは厳《いか》めしく、気を張っていなければ圧倒されてしまいそうだ。

艶《つや》やかな淡萌黄《うすもえ》襲《ぎかさね》の袿《うちき》を纏《まと》った少納言を眺め、道長は笑みを浮かべた。

「遠いところ、よくお越しくださった。お元気そうでなによりだ」

「道長様も、ますますご機嫌麗しゅう」

少納言も不敵に笑みを返す。道長は吉平に目をやり、口髭を撫《な》でた。

「で、こちらは何方《どなた》かな」

「陰陽師の安倍吉平様ですわ。私と懇意の仲ですので、付き添っていただきました」

「厚かましくも同席させていただきます。お目にかかれて光栄に存じます」

恭《うやうや》しく一礼する吉平に、道長は薄《うっす》らと笑った。

「ああ、安倍晴明殿のご子息か。お目にかかれて私も光栄だ。普段は、貴方のような方には会う機会が滅多にないのでな」

少納言は吉平をちらと見る。道長の皮肉めいた口ぶりに、吉平は別に面持ちを変えることもなく、再び一礼した。

「ありがたきお言葉。よろしくお願い申し上げまする」

少納言も吉平に倣《なら》い、辞儀をした。

まだ明るいうちから、女房が酒と鯛の尾頭《おかしら》付きを運んでくる。

これ以上犠牲者を出してはならない。そのためには、この男の横暴を止めなければならない。少納言はお腹《なか》に力を籠《こ》めた。

「すべては道長様が謀《はか》ったことだったのですね」

道長は酒を一口啜《すす》り、薄ら笑いを浮かべた。

「さて、なんのことやら」

「知らぬふりをなさっても、無駄ですわ」

少納言は強い口調で言った。その横で、吉平は酒や料理にまったく口をつけず、姿勢を正している。少納言は続けた。

「道長様は、式部の君を操って源氏物語を書かせ、その源氏物語によって、東宮家を追い詰めるおつもりだったのではございませんか？　特に居貞親王の妃である娍子《せいし》様を」

道長は酒を舐《な》めつつ、ひたすら笑みを浮かべている。

「ふむ。面白い見解だが、少納言の君は、どうしてそのように思われたのだ」

「事件が起きる前に発表されて話題になった帖を振り返ってみて、気づいたのです。

すべて、密通について書かれてあったと。第二帖の《帚木》が、始まりでした。あの帖には、はっきりとは書かれていませんでしたが、光源氏と継母である藤壺の密通が、匂わされています。第七帖の《紅葉賀》では、藤壺が源氏との不義の子を産みます。この第十四帖の《澪標》では、光源氏と藤壺の不義の子が、帝として即位しました。この不義の子は、譲位した後に、冷泉院、冷泉院の帝と書かれるようになりますよね」

少納言は一息つき、道長を真っすぐに見た。道長は少納言と目を合わせることなく、箸《はし》を伸ばして鯛を食《は》む。少納言は道長から目を逸らさず、続けた。

「第三十五帖の《若菜下》では、光源氏の目を盗んで、正妻である女三宮が柏木と密通し、女三宮が不義の子を身籠ってしまいます。かつて自分が犯した罪が、今度は光源氏に返ってきたかのように。そして第四十五帖《橋姫》では、源氏の子供として暮らす薫が、自分の出生の秘密を知ってしまいます。本当は、女三宮と柏木の不義の子であった、と。以上の話に呼応するかのように、事件は起きました。……きっと下手人は、自分の密通について、誰にも気づかれたくない者だったのではないでしょうか。重大な秘密、それが知られれば、すべてが終わってしまうと恐れを抱いている人だったと」

道長は箸を置き、少納言を見た。口元に笑みを浮かべているものの、その目つきは鋭い。

吉平がいてくれるので心強く、少納言は怯《ひる》まず、さらに続けた。

「源氏物語は、密通の話であり、因果応報の話でもありますよね。そのような話が延々と綴《つづ》られ、宮中に広まるにつれ、実際、光源氏は誰を手本としているのだろうか、これは本当にあったことなのだろうかなどと、女房たちが噂し始めた。下手人はやがて、『作者は自分の密通を知っていて、このようなことを書いているのでは』などという、不穏な妄想に取り憑《つ》かれてしまったのでしょう。……下手人は己に詮索《せんさく》が及ぶのが恐ろしくて仕方がなかったに違いありません」

「それが娍子様だったと言いたいのだな」

「はい。道長様は気づいていらっしゃったのでしょう？ 娍子様と冷泉上皇の、嫁と舅との間柄での、不義密通を。そして、居貞親王と娍子様の第一皇子とされている敦明親王が、実は冷泉上皇と娍子様の間にできた御子様であることを」

静かな部屋に、添水《そうず》の音が響く。

少納言が娍子の密通に勘づいた時、道長が浮かんだ。道長は、殺《あや》められた花山法皇とも近しい仲であった。密通が事実であったとすれば、冷泉上皇の子供である花山法皇は、父と娍子の秘密に多かれ少なかれ気づいていたはずだ。それゆえ、道長が花山法皇から聞いていたことは大いにあり得る。または冷泉上皇本人の口から、密通を匂わせるような話を直接聞いていたことも考えられた。上皇はそのような人間だからだ。

　少納言の問いに、道長は何も答えず、ただ酒を呑む。少納言は微かな笑みを浮かべ、道長に語りかけた。

「源氏物語には、冷泉院の帝という、冷泉上皇を思い起こさせるような名前の者が登場いたします。しかも冷泉院の帝は、光源氏と藤壺の密通によって生まれた不義の子という設定です。道長様は、娍子様と冷泉上皇の密通に薄々気づいていらっしゃった。でも、確かな証はない。そこで道長様は恐らく、娍子様を徐々に追い詰め、焦《じ》らし、様子を窺っていたのではないでしょうか。そして娍子様はぼろを出し、まんまと策略に嵌《はま》ってしまったのです。式部の君へ脅迫文を送ったことで、道長様は確信なさったでしょうね。冷泉上皇と娍子様の密通は本当のことだったのだ、と」

　道長はとぼけたような面持ちで、頬《ほお》を掻《か》く。少納言は道長を睨《ね》めるように見つめていた。

「道長様はそれを匂わせるように、式部の君に書かせていらっしゃったのでしょう？　わざとらしく、密通の筋書きに冷泉の名を絡ませるなどの細工をなさって」

　香子と宗覚がすべての罪を被《かぶ》って命を絶ったために、真実を確かめることはできない。

少納言がこれらの推察をしたきっかけは、数年ぶりに敦明親王に会ったことだった。成長したその面立ちが誰かに似ていると思い、冷泉上皇だと気づいた時、少納言はこう考えた。

——でも、それは当然でしょう。祖父君なのですもの。

しかし、こうも思った。

——父君よりも、祖父君によく似ていらっしゃる。

その時、不意に繋がったのだ。ぼんやりとしていたすべてのことが。

一連の事件は、敦明親王を守るがために、娍子が起こしたことであったというのが、少納言の見解だった。

娍子がぼろを出したことで、道長はますます煽《あお》り、相手の自滅を待ったのだろう。つまりは、道長は源氏物語を文化として広めるだけでなく、それを政《まつりごと》にも使ったのだ。

「道長様は結局、敦明親王がこの先、帝に即位することを阻止なさりたかったのでしょう？　源氏物語によって、東宮家の醜聞《しゅうぶん》が広がれば、敦明親王は立太子すらも叶《かな》わなくなるかもしれませんもの」

道長は、ふっと笑みを漏らした。

「私には私の考えがある」

「分かっておりますわ。帝とは、この国の頂点に立つ者。道長様はきっと、数々の奇行で宮中を騒がせた冷泉上皇や花山法皇のような者は、もう即位すべきではないと考えていらっしゃる。それがゆえに、冷泉系の血筋を絶やしてしまおうと企《たくら》まれたのではありませんか」

冷泉上皇は幼少の頃より、所かまわず火事の時でも大声で歌い続ける癖があった。清涼殿の近くの番小屋の屋根に座り込んで動かなかったこともある。花山法皇は天皇に即位する前、高御座《たかみくら》に内侍《ないし》を引き入れて淫《みだ》らな行為に耽《ふけ》り、即位式では王冠が重いと言って脱ぎ捨てた。冷泉家の愚行は、枚挙にいとまがない。

少納言と道長の眼差しがぶつかる。道長は、にやりと笑った。

「少納言の君よ、貴女の話はすべて推測の域を出ていない」

「仰るとおりです」

「ではこれ以上聞く必要はないな」

道長が立ち上がろうとする。

「しかし、推測を積み重ねることでしか真実に辿《たど》り着くことはできません」

浮かせかけた腰を一度床に落ち着けて、道長が問うてくる。

「ええ。一連の事件の首謀者は道長様である、という真実に」

「ほほう」

道長は酒を呷《あお》ると、口元に笑みを浮かべた。

「なかなか興味深い真実だ。そこまで言うなら、先を伺おう。酒もまだあることだしな」

余裕の面持ちで盃に酒を満たす。

少納言は姿勢を正し、道長を真っすぐに見つめる。この余裕を崩すことができるかは分からない。しかし真実に辿り着くために、今は推測を重ねていくしかない。

「続けます」

話を再開した。

敦明親王を守ることは、娍子の一途《いちず》な母の思いだった。

そして妹の香子が力添えしたのだ。邸を追い出された自分を引き取ってくれた娍子が苦しんでいる姿を、香子は見ていられなかったのだろう。姉のためにならばどんなことでもしようと、心に誓ったに違いない。

その相方に選んだのが、異母兄の宗覚だった。そしてどうやら二人は、兄妹を超えて、男女の間柄だったようだ。

香子と宗覚の間柄については、二人が亡くなった後に捕縛された堀河諸兄の取り調べによって分かった。据継の話によると、堀河兄弟は、娍子の不義密通だけでなく、異母兄妹の秘密の件も香子を脅かす種にしていたようだ。

「香子様は娍子様のお計らいで、大内裏の傍の一条大路の小さな邸に住まわせてもらっていました。宗覚はそこへ、香子様の亡き子の菩提《ぼだい》を弔《とむら》うという口実で、忍んでいっていたのです。宗覚は無口で怪力でしたが、心根は優しかったのではないでしょうか。恐らく香子様は、公家の殿方たちに嫌気が差していらっしゃって、宗覚のそのようなところに惹《ひ》かれていったのかもしれません」

道長は腕を組み、黙って少納言の話を聞き続ける。少納言は道長を睨《ね》めるように見た。

「恐らく道長様はそのことも薄々ご存じで、源氏物語の第二部では薫という不義の子を主人公にして、式部の君にさらに禁忌《きんき》の恋を書かせようと謀っていたのではございませんか」

道長は、薄《うっす》らと笑った。

「なるほど、実に愉快な想像ではないか」

「そこまで香子様たちを煽れば、頭に血がのぼり、式部の君に手を出してくる。そうすれば、香子様たちは自滅するだろうと思われたのでしょう」

薫という語は、「香」「香子」に通じる。第二部の主人公には、禁忌によって生まれたその薫を設定した。

紫式部は周りの者たちに、自分の本名が香子だから薫とつけたの、と言っていたらしい。だが、后《きさき》や妃《ひめ》ならばともかく、女房の身分の女の本名などは、誰もはっきり分からぬものだ。それゆえ紫式部のその話もどこまで信用できるかは分からなかった。

道長は笑みを浮かべたまま、また鯛を食べ始める。少納言は光る目で見据《みす》えた。

「いずれにせよ式部の君は物語の中で、不義密通を描きながら、匂わせていったのです。そうして道長様は、娍子様たちを追い詰めていったのでございましょう。作中の不義の子が育つにつれ、桐壺帝ではなく光源氏にますます似ていくといいますように。敦明親王も、父君とされている居貞親王よりも、実の父君であると思《おぼ》しき冷泉上皇に、遥かに似てきていたのですから」

源氏物語による圧力に耐えかねて、そろそろ紫式部に忍び寄ってくるのではないか。そう踏んだ少納言は、吉平に伝え、検非違使に見張ってもらった。予感は的中したが、香子と宗覚は死を選んでしまった。

少納言は不意に目が潤《うる》み、さりげなく指で拭《ぬぐ》った。

堀河兄弟は、娍子と香子の秘密を握って、それを種に香子を脅かして関係を持っていたようだ。花山法皇も同様だったであろう。命婦の君は、寛子を連れて宣耀殿に出入りしているうちに、娍子の秘密を知ってしまったと思われた。

命婦の君が遺した真似歌〈ははきぎの心を知ってうしはらの　道にあやなくまどぬるかな〉は、考えてみれば娍子の密通を仄《ほの》めかしているようにも読み取れる。

『うし』は、方位を考えれば『丑』とも言える。そして後宮の七殿五舎で丑のほうにあるのは宣耀殿、娍子がいるところだ。また、『うしはら』を『牛の腹』と読み解けば、言い方は悪いが、獣腹とも受け取れる。つまりは、命婦の君は真似歌で、このようにも訴えたかったのではないだろうか。

『母・娍子様の心を知った、宣耀殿にて。不義の子を、獣腹のように産み落とした母の心を。救いのない道に、私まで迷ってしまいそうだ』

命婦の君は、なにやら胸騒ぎがして、真似歌として遺しておいたのかもしれない。

娍子たちは、自分たちの秘密を知っている邪魔な者たちを、忌々《いまいま》しく思っていた源氏物語に絡めるようにして、消していったのだろう。

堀河の兄、命婦の君、花山法皇。その者たちに因縁のある者、あるいは群盗などを、巧みに操りながら。

事件の後で必ず紫式部に脅迫文を送りつけ、源氏物語は呪われたものであると知らしめ、執筆を中断させようと謀ったに違いない。

ところが、その結果、皮肉にも源氏物語はいっそう読まれるようになってしまったのは、娍子たちの誤算だったであろう。

そして娍子たちにそこまでさせてしまったのは……ほかならぬ道長であると、少納言は睨《にら》んでいた。

添水の音が響く。道長は低い声を出した。

「敦明親王を立太子させぬがために、そして冷泉系の血筋を絶えさせるために、私が謀《はか》ったというのだな」

「さようです」

「しかして、何故《なにゆえ》に私がそこまで東宮家を追い詰めなければならないのか。正直なところ、誰が天皇だって、私は好きなように権力を振るえるのだ。私の地位は、揺るぎはせぬ。そのような私が、何故に、居貞親王を目の仇《かたき》にしたり、敦明親王の立太子を阻むなど、そんな狡《こす》い真似をしなくてはならぬ」

少納言は唇を噛《か》み、言葉に詰まる。道長も少納言を見据える。

「それに私は、娘の妍子《けんし》を居貞親王に入内させたくも思っておる。冷泉系を絶やしたいどころか、繁栄させようとしているではないか。これはどう見るのだ？」

暫《しば》し睨《にら》み合っていると、吉平が意を決したように口を開いた。

「道長様は、臆病なのでありましょう」

突拍子もない発言に驚いた少納言は、吉平の顔を横から覗き見た。道長が発する圧力に長時間さらされて、思考が麻痺《まひ》してしまったのだろうか。少納言の心配をよそに、吉平は毅然《きぜん》とした表情を返してくる。その目は、この場は任せろと言っていた。

道長は気分を害したようだ。視線を少納言から吉平に移し、怒気をはらんだ声で言った。

「臆病だと」

「確かに道長様の権力は、誰が帝になろうと揺るがないでしょう。ゆえに、東宮家に嫌がらせをする必要もない。これは、道長様の仰《おっしゃ》るとおりだと思います」

「先ほどからそう言っておる」

「それでも道長様は、東宮家が気になって仕方がないのです。ご自身の血が入っていないがゆえに」

「回りくどい。何故それが私を臆病と断ずる理由になるのだ」

「道長様は、ご自身の意に添《そ》わぬものを恐れておいでです。権力の基盤を揺るがす可能性があるからです。栄華は永続的なものではないとよくご存じなのでしょう。力の及ばぬ場所を極力排除し、影響を各所に残そうと尽力しているようにお見受けします」

「それの何が悪い」

「権力者として当然の振る舞いかもしれません。それにしても度を越しておりませぬか。帝は誰でもいい、と仰っておきながら、妍子様を居貞親王に入内させるという。これは、東宮家にご自身の血が入っていない不安から来たものでしょう。お力に自信をお持ちなのであれば、泰然自若《たいぜんじじゃく》となさっておればよろしい。次の帝のもとで、変わらぬ権力を十二分に発揮なされればよろしい。そうではないから、つまり臆病だから、妍子様を入内させようと画策なさるのです」

道長は口を噤《つぐ》んで盃を握り締めている。怒りで震えているのか、酒が一滴二滴と道長の膝に零《こぼ》れ落ちた。

——吉平様がここまで弁が立つとは思わなかったわ。

少納言は内心舌を巻きつつ、吉平の言葉を継いで言った。

「そして、臆病だから、東宮家を排除しようと源氏物語に細工して圧力をかけたのですね。繋がりが薄いところであるがゆえ、弱みを握り、ご自分の意のままにしようと」

何故そこまでして東宮家を追いつめなければならないのか。道長の問いへの答えを突きつける。

「これが、辿《たど》り着いた真実、とやらか」

そう言うと、道長は脇息に躰を預けた。

「すべての話はこれまで同様推測に過ぎない。妄想といってもいい。その先に真実があると少納言の君が言うからここまで付き合ってきたが、出た答えは、私が臆病だから首謀した。戯言《たわごと》もいいところだ。物語としてはいいかもしれんが、真実というには、あまりに根拠が薄弱すぎる」

道長が顎《あご》を廊へ向ける。

「お引き取り願おう」

「お待ちください」

吉平が膝を前に滑《すべ》らせ道長ににじり寄った。懐《ふところ》から雁皮紙《がんぴし》を取り出す。

「ここに歌が書かれています」

横から覗き込んだ少納言は、文面に目を通した。

「これは……命婦《みょうぶ》の君《きみ》が遺《のこ》した真似歌ね」

「そうだ。命婦の君が託した意味を解いてみたものの、謎が残った歌があった。それがこれだ」

《つき見えぬ満ちの闇なり雲隠れ　東雲《しののめ》けして見るわたにござ》

「《尽きもせぬ心の闇に暮るるかな　雲居《くもい》に人を見るにつけても》」

道長が元歌を諳《そら》んじてみせる。己《おのれ》が書かせている物語だけに、中身が頭に入っているのだろう。少納言は目を瞠《みは》った。

「下手糞な歌だ。真似歌の体《てい》をなしておらぬ。そのうえ、何を言わんとしているのか不明だ」

道長が吐き捨てる。

「出来は置いておきましょう。大切なのは、ここに託された意味です。少納言の君は、堀河諸兄様の居場所を詠んでいるのではないかと解釈しました」

吉平の言葉を受けて、少納言が説明を加える。

「『恐ろしい目に遭い闇の中で雲隠れした。雲水《うんすい》が兄を消したので、綿や莫蓙《ござ》を見ている』。つまり、堀河諸兄様がいるのは、綿や莫蓙を作っている場所である、という意味であると取りました」

「ふん」

道長が鼻で笑う。

「雲水は僧を指す言葉。つまり宗覚というわけか。なんと強引な。まるでこれまでの話のようだ」

「……この歌の解釈については、私も道長様に同意します」

腹立たしさを抑えて少納言は首肯した。ほかの真似歌に比べて、この歌はひときわ意味が取りにくい。事件に結びつけて読んではみたものの、納得できたわけではなかった。

「ところが、こうすると意味が浮かび上がってくるのです」

吉平はもう一枚の雁皮紙を取り出し、床に広げた。

《つき　み　えぬみ　ち　のやみ　な　りくも　が　くれし　の　のめけ　し　てみ
る　わ　たにご　ざ》

「平仮名にしただけではないか」

覗き込んだ道長が呆れ顔で言った。

「よく御覧ください」

吉平が、文字を指でさしていく。

始めは二文字、それ以降は三文字ずつ飛ばしていく。順に読んでいくと……。

み ち な が の し わ ざ。

「道長の仕業《しわざ》！」

少納言が思わず声を上げる。

「そうなのだ」

「凄《すご》い。吉平様、どうして分かったの」

思いがけない仕掛けが判明し、少納言は胸の高鳴りを抑えられない。

道長は雁皮紙を手に取って眺めている。吉平は少納言の問いに答えた。

「実は昨晩、命婦の君が夢枕に立ったのだ」

丑三つ時、胸騒ぎがして目を覚ますと、枕元に命婦の君がいた。さめざめと泣きながら必死に訴えたという。このままでは浮かばれない。あの歌は堀河様の行方を詠み込んだものではない。道長様の横暴を暴くものだ、と。

「『東雲けして』は『東宮』、わたは『海』、ござは『御座船』を象徴させたそうだ。つまりはこういう意味だった。《尽きもせぬ野心はまるで闇のようで、それにあてられた私は雲隠れしたい。東宮を消し、川遊びに用いる御座船で海へ乗り出していこうとしている貴方様の恐ろしさよ》」

「東雲を東宮の象徴と読めばよかったのね」

読みきれなかった悔しさを滲ませながら、少納言が言う。

「さらには、始めは二文字、以降は三文字飛ばして読んでほしいというのでそのとおりにすると、あのようになったというわけだ」

吉平は道長が持つ雁皮紙を指さす。

少納言は紙越しの道長に言葉を突きつけた。

「道長様は命婦の君をいいようにお使いになっていたのでしょうが、彼女に裏切られたというわけですね。どれだけ権力を持っていようと、すべての人を意のままに動かすことなどできないのです」

雁皮紙が震えている。

さすがの道長も認める気になったか。

そう思った刹那《せつな》――。

道長の笑い声が響き渡った。

少納言は吉平と顔を見合わせる。

「道長様……？」

問いかけると、道長は笑いながら雁皮紙を少納言に手渡してくる。目に浮かんだ涙を衣《ころも》の袖《そで》で拭《ふ》きながら言った。

「いささか強引ではあるが、諸君らの推測、なかなか愉快であった」

「愉快とは心外です。面白おかしい話をしたつもりはありません」

「真実、か」

「そうです。推測を積み重ねた末に辿《たど》りついた真実のお話をして参りました」

「その真実であるがな」

道長が姿勢を正す。少納言と吉平、二人に視線をゆっくり投げかけてくる。

その迫力に、少納言は息を呑んだ。隣から吉平がごくりと唾を飲み込む音がする。

「認めるにやぶさかではない」

そう言うと道長はしばし黙した。

添水が鳴る。

「しかしな」

道長と視線がぶつかる。少納言は目を逸《そ》らしたい気持ちを必死に堪えた。

「だから、なんなのだ？」

道長が不敵に笑った。

「検非違使は私の支配下にある。仮に吉平殿が訴え出たところで、黙殺されるのが関の山だ。少納言の君はどうだ？　宮中を出た貴女に至っては、訴え出る相手は吉平殿くらいだろう」

少納言は視線を逸らした。道長の言うとおりだ。隠棲生活を送る自分が真実を摑んだところで、伝えられる相手は吉平くらいしかいない。

いや伊周様はどうか。

「伊周を思い浮かべたな？　それも大した意味はない。彰子に皇子が生まれたのでな」

「っ……」

衝撃が少納言の胸を突き抜ける。恐れていたことが起こってしまったのだ。

皇子は道長の孫になる。帝の座を争う敦康親王は今後軽んじられていくだろう。伯父にあたる伊周の力は急速に落ちていくに違いない。

「真実が明らかになったとしても、すべて無駄なのだ。私を糾弾し追い落とすことなどできない」

少納言は唇を噛む。悔しいが道長の言うとおりだ。

「諸君らの懸命な語り口にほだされて話を聞いてきたが、無駄な努力だと思うとおかしくてな。ゆえに、笑ってしまった」

そう言うと、道長は満足した様子で脇息に躰を預けた。

「喉が渇いた」

道長は盃に酒を注いで一気に呷《あお》った。

「ところで少納言の君」

呼びかけられ、少納言は顔を上げた。

「貴女の想像の力、目を瞠《みは》るものがあった。そこで相談だがな、私のもとで物語を書いてみないか」

「な……」

思いもよらぬ提案に、隣の吉平が声を漏らした。

「そうだな、内容は今日の話でどうだ。私と思しき人間が、東宮を脅かすために謀略の限りを尽くす。物語の中でなら、自由に真実とやらを追求することができるぞ」

道長に食い入るように見つめられながら、少納言はふと、面会した折の紫式部を思い出した。執筆への情熱には感心したが、どうしてか彼女は、それほど楽しそうにも、幸せそうにも見えなかった。

少納言は姿勢を正し、ゆっくりと口を開いた。

「道長様がいくら権力を振るわれても、思いどおりにならないことはございます。思いどおりにならない人だっています」

　少納言は思う。

　道長の言う自由は、自由ではない。私が求めているのは、思うがままに想像の羽を広げられる自由だ。自由な想像の先にこそ、真実が現れる。

　権力の庇護のもとで書いていたら、いつか介入される。介入された時点で、それは私の物語ではなくなる。そこには、真実がないから。

　少納言は、怪訝な面持ちの道長に視線を合わせた。

「もし何かを書くのならば、私は道長様のためではなく、私自身のために書きたく思います。……お申し出、お断りいたします」

　少納言の凜《りん》とした声が、静かに響いた。

「貴女の求める、真実のためにか」

「そう、真実のために」

「それがいかに脆《もろ》くて儚《はかな》いものか、今日で分かったはずだがな」

「仰るとおりです」

　たとえ真実に辿り着いたとしても、それをもとに誤りを正すことができるとは限らない。権力の前に、真実は無力だ。

「今日、私が辿り着いた真実は、道長様を糺《ただ》すことはできませんでした」

「分かっておるではないか」

「これからも、残念ながらそれは変わらないでしょう」

「認めるのだな、己がいかに無駄なことをしていたかを」

「それは違います」

道長の笑みが静かに消えていく。

「何が違う」

「注意深く周囲を観察しながら、時に大胆に想像する。今後も私はこの行いをやめる気はありません」

「何故だ」

「真実を求める思いは伝播《でんぱ》するからです」

道長が溜息を一ついて首を振った。意味が伝わっていないようだ。かまわず続ける。

「私の思いは、一緒に暮らす鈴音に伝播するでしょう。もちろん吉平様にも伝わるはずです。そこから幾人、さらに幾人、幾年、幾十年……」

少納言は思う。いつの時代も、自分のように真実を求める人間はいるはずだ。その人たちが得た真実は、先に先に繋《つな》がっていく。そしてどんどん強固になる。

「随分大きな話になってきた。それこそ物語のようだな」

「今の世では難しくても……いつか、道長様の横暴が真実として衆目の一致する日がくるでしょう」

「その時、私はもうこの世にいない」

「それでもいいのです。真実が世に刻まれるのであれば」

少納言は立ち上がった。

「吉平様、参りましょう」

「ああ」

吉平も立ち上がる。

道長を見る。

紅い唇の端を微かに歪《ゆが》めた。それは笑顔だったのか、それとも渋面だったのか、僅《わず》かな時間だったので分からない。

会うのはこれで最後だろう。

少納言が一礼すると、吉平もそれに倣《なら》った。

宇治殿を出ると、月明かりが差していた。

人の愚かさや醜さを浄《きよ》めるかの如く、宇治川は滔々《とうとう》と流れていた。

五

長月も下旬になり、少しずつ、夜は冷えるようになってきた。

夜の帳《とばり》が下りても、下弦の月は真夜中にならないと現れない。月を待ちながら少納言が過ごしているところへ、吉平が訪ねてきた。

少納言の部屋でくつろぐ二人に、鈴音が台盤を運んでくる。今宵の料理は、鱧《はも》と生姜《しょうが》の煮つけだ。その香りを吸い込み、吉平は顔をほころばせる。

久しぶりの吉平の訪問に、少納言は胸を弾ませ、急いで餅餤《へいだん》を作る。それも出すと、吉平はますます目尻を下げた。

蔀《しとみ》は開けたまま御簾《みす》だけ下ろした部屋で、鈴虫の音を聞きながら、少納言と吉平は盃を傾け合う。

吉平は近頃の宮中の様子を伝えつつ、少納言に訊ねた。

「源氏物語の四十一帖と四十二帖の間には、《雲隠れ》という、題名だけの巻があるとのことだ。その巻には、初めから何も書かれていなかったのか。それとも、書かれていたけれど、敢《あ》えて削ってしまったのか。宮中で話題になっている」

　少納言は答えた。

「書かれてあったと思うわ。でも恐らく、道長様が削ってしまわれたのでしょう」

「何故そう思う？」

「道長様にとって、都合の悪いことが書かれていたのでは」

「都合の悪いこと……」

　思案顔で吉平が盃を干す。

「これは私の勘だけれど」

吉平の盃に少納言が酒を注《つ》ぐ。お返しに吉平が瓶子《へいし》を手に取る。

「ありがとう」

注がれた酒を一口啜《すす》り、少納言は語り始めた。

「前の帖からの流れを考えると、光の君の死をはっきり描いたのだと思うの。その死が、あまりに哀れだった。光の君に自分を重ねていた道長様は、その死に様を受け入れられず、削除を命じた」

「横暴だな」

「東宮家を追いつめるため、源氏物語に様々な仕掛けを入れさせた人よ。それくらいのことはするわ」

少納言は鱧を一切れ口に運んだ。柔らかく煮えている。生姜の香りが絶妙だ。鈴音はずいぶん腕を上げた。

「たとえばこんな話はどうかしら」

酒で鱧を流し込んでから、少納言が続きを話す。

「光の君は出家し、やがて人里離れた山奥に行った。そこで、仙丹《せんたん》に毒を混ぜて飲む。栄華だけでなく、人の悲しみや苦しみを見尽くした光の君は、この世を儚《はかな》み、もう何も見たくなかった。だから、毒で自らの視力を奪ったのね。すべての色も形も、雲隠れのように、光の君の視界から消えてしまう。そして光の君は生まれて初めて安らぎを覚え、その安らぎの中で、眠るように逝去《せいきょ》する」

権力者の孤独と哀れさ。その二つを表現できそうな筋書きだ。上手《うま》く書けたら宮中の女房たちは涙に暮れるだろう。

少納言は自画自賛した。

気づくと吉平が目を瞬《しばたた》いて小納言を見ている。

「なによ」

「いや」

「気に入らなくて？」

吉平には高度過ぎる話だったかもしれない。少納言は饂をもう一口食べながら代案を考える。

――視力を失った目から一筋の涙が流れたら、察しの悪い吉平様にも哀しみが伝わるかも……。

吉平が少納言の思考を遮《さえぎ》った。

「その話、今考えたのか」

「ええ。鈴音が拵《こしら》えてくれた饂をいただきながら、即興で考えたわ」

「相変わらずの想像力だ」

感嘆したように吉平はしきりに頷いている。

「皮肉にしか聞こえないわ」

「皮肉？」

「どうせ、妄想が過ぎると言いたいのね」

「そんなことはない。私は道長様ではないのでな。むしろ感心していた。聞き入ってしまったほどだ」

害しかけた気分が上向きになる。

「そう?」

「視力を失って初めて安らぎを覚えた、と言う部分が実によい。権力者の哀しみが表れている」

「あら、分かっているじゃない。吉平様、腕を上げたわね」

「さんざん貴女に試されてきたからな」

光の君の目から涙を流させる必要はなさそうだ。吉平に意図が伝わったのが、ことのほか嬉しかった。

「楽しそうだな」

吉平が笑顔で少納言の顔を覗き込んでくる。知らず知らずのうちに、笑みが溢れていたようだ。

「吉平様も成長したものだ、と思うと嬉しくて」

「厳しい指導の賜物《たまもの》だ」

二人で顔を見合わせる。笑い声が弾《はじ》けた。

「なんだか賑《にぎ》やかですね」

酒の追加を持ってきた鈴音が頬を膨らませて言う。足元の小玉も抗議するように、みゃあ、と鳴いた。

「あら鈴音、いいところに来たわ」

小玉を膝に抱き上げて少納言が言った。

「何か面白い話ですか」

瓶子を台盤に置き、鈴音が円い目を輝かせて聞いてくる。

「雲隠れの帖の話をしていたの」

「ああ、源氏物語の」

鈴音は少納言の隣に腰を下ろした。

「題名しかない巻のことですよね」

期待に胸を躍らせた顔で鈴音が見上げてくる。

吉平から新しい巻が届くたび、少納言はあらすじを語って聞かせてきた。読むにはまだ早いが、その内容は鈴音の心をとらえて離さないようだ。老若男女、様々な人を魅了している源氏物語。道長の圧力の中で書き続けている式部の君の才は、やはり並々ならぬものがある。

幸い事件は一段落した。東宮家の勢いは削《そ》がれ、彰子には皇子が生まれた。道長の企《たくら》みは達成されたようなものだ。物語への介入も緩《ゆる》むに違いない。今こそ式部の君には、自由に想像力を羽ばたかせてほしい。そして、最後まで書き切ってほしい。そう願わずにはいられなかった。

「少納言様……？」

鈴音の声で我に帰った。

「ごめんなさいね。題名しかない雲隠れ。それがどんな話だったのか、吉平様に語って聞かせていたの」

「少納言様はお読みになられたのですか」

鈴音は驚き、目を丸くする。

「読んでないわよ。ただの想像」

「その想像が、なかなかのものなのだ」

吉平が鈴音の期待を煽る。

「少納言様、私にもお聞かせください」

鈴音にねだられ、少納言は先ほど吉平に語った雲隠れのあらすじを再び披露した。

「どう？」

さすがにまだ難し過ぎたかしらと思いながら見ると、鈴音は肩を震わせている。

「少納言様」

鈴音は顔を上げた。その目には、涙が浮かんでいる。吉平が驚いたような声を上げた。

「泣いておるのか」

「光の君があまりにも哀れです」

鈴音はそう言うと、少納言の胸に飛び込んできた。小玉が少納言の膝から飛び降りて、吉平のほうに避難する。

「あらあら」

少納言は鈴音の背中を優しく撫でる。少納言の肩に涙を落としながら鈴音が言った。

「でも、安心もしました」

「何故？」

少納言は優しく問いかける。鈴音はこのあらすじに、何を感じ取ったのだろう。

「光の君は、救われたのではないかと考えたからです」

「視力を失ったのよ。果たして救われたのかしら」

「見なくてよいものを見ずに済むということは、見たいものを見られるということではないでしょうか」

「盲目になった光の君は、どうやって見るのかしら」

「ここに、美しい思い出はたくさん残っているはずです」

鈴音は少納言から躰を離すと、自分の胸に小さな手を置いた。

「光の君はそれを見ながら亡くなったのではないでしょうか。そう思うと、救われたのではないかと」

確かに、光の君の胸には華やかで甘やかな過去の光景が去来したに違いない。

「そして、光の君に救いを与えてくださった少納言様の優しさが嬉しくて……泣いてしまいました」

衣の袖で涙を拭い、笑顔で鈴音はそう言った。

膝に抱いた小玉を撫でながら吉平が感嘆の声を上げた。

「驚いたな」

「さすが鈴音。吉平様以上の解釈だわ」

少納言は鈴音の頭を撫でる。鈴音は満面の笑みだ。吉平が不貞腐れた。

「先ほどは腕を上げたと褒《ほ》めてくれたではないか」

「吉平様もなかなかのものだけど、鈴音には及ばないわね」

少納言の賞賛を受けて、鈴音が誇らしげな顔を吉平に向けた。

「だそうです」

「そうか……では、これからは鈴音にご指導をお願いするとしよう」

「承知しました」

鈴音の背伸びした声音がおかしくて、三人で声を合わせて笑った。

夜が更《ふ》けてきた。

台盤を片付けるという鈴音を下がらせ、差しつ差されつ吉平と酒を酌み交わす。

「私も、また、物語を何か書いてみようかしら」

吉平が少納言を見つめる。少納言は続けた。

「式部の君ほどの才はなさそうだけれど」

すると吉平は笑顔で返した。

「式部の君は、式部の君。少納言の君は、少納言の君ではないか。どちらがどうと一概には言えまい。貴女は貴女の気持ちの赴くまま、作品を創り出していってほしい。才というのは、人それぞれだろうからな。それに貴女は、道長様に言ったではないか。私自身のために書く、と。あの時の貴女は、その、なんというか、惚れ惚れするほど麗しかったぞ」

少納言も吉平を見つめる。高燈台の灯りの加減か、今宵の吉平は精悍にすら見える。

少納言は思い出した。香子と揉み合いになり、危なかったところを助けてくれた時の、吉平の力強さと温もりを。道長と対峙《たいじ》した時、傍《かたわ》らにいて助太刀《すけだち》してくれた頼もしさを。

吉平は腕を組んだ。

「実を申せば、私は、枕草子のほうが好きだ。枕草子はすべて目を通し、繰り返し読んでいる。あの歯切れのよい文章がなんとも心地よくてな。だが源氏物語は、事件に関わっているということで、私も初めのほうは目を通していたのだが、次第に読むのが苦痛になってしまった。同じような色恋沙汰が綴《つづ》られていて、なんというか、まったく話が頭に入ってこないのだ。それゆえ事件が終わってからは、まったく読んでいない。もう、読む気になれん」

顔を顰《しか》める吉平に、少納言は言った。

「あら。吉平様が源氏物語を読む気になれないのは、単に話が長過ぎるからでは？　おまけに光の君が見栄《みば》えがよくて、女性たちに愛され過ぎるので、読むのが辛いのではないかしら。ご自分と違い過ぎて」

「また憎まれ口を」

目を剝《む》く吉平に、少納言は微笑む。

「だって吉平様を見ていると、意地悪したくなってしまうのですもの」

すると吉平は、ふくよかな頬を仄《ほの》かに赤らめ、顎を撫でた。

少納言は瓶子を手に持ち、吉平に嫋《たお》やかに酌をする。吉平は少納言の作った餅餤に舌鼓を打ち、ますます丸くなったお腹をさする。

少納言は据継から聞いていた。吉平はまだ失敗することはあるものの、陰陽師として活躍し始めていることは宮中でも話題になっている、と。

――いつぞや、私が吉平様を励ましたから、今宵は吉平様が私を励ましてくれたのかもしれないわね。

そのようなことを考えつつ、少納言は吉平のお腹をぽんと叩いてみる。よい気分で酔っているからだろう、吉平は怒ることもなく笑って許してくれる。

吉平は少納言に酒を注ぎ、少納言も注ぎ返す。秋の夜長に、笑顔で盃を傾け合った。

この作品は徳間文庫のために書下されました。

徳間文庫

清少《せいしょう》納《な》言《ごん》なぞとき草紙《そうし》

2024年9月15日 初刷

著者 有《あり》馬《ま》美《み》季《き》子《こ》

発行者 小宮英行

発行所 株式会社 徳間書店

東京都品川区上大崎三－一－一 〒141－8202
目黒セントラルスクエア

電話 編集〇三(五四〇三)四三四九
販売〇四九(二九三)五五二一

振替 〇〇一四〇－〇－四四三九二

印刷
製本 中央精版印刷株式会社

ISBN978-4-19-894966-2 (乱丁、落丁本はお取りかえいたします)